Ralf Johann

Die 70er Jahre –
die geilste Zeit, die es je gab…

Roman

Covergestaltung: Ralf Johann

Impressum:

Herstellung und Verlag: BoD – Books on Demand, Norderstedt

ISBN: 978-3-7578-1859-3

1.Auflage © 2023

Vorwort:

Wir sind uns alle einig: Wer die 70er Jahre als Kind, Jugendlicher oder junger Erwachsener erlebt hat, schwärmt noch heute von dieser Zeit!

Dieser Roman erinnert an diese einmalige Zeit.

Die Freunde Ralle, Fabi, Hotte, Socke und Jürgen kommen zum 60. Geburtstag von Herbert, genannt Herbie, zusammen und plötzlich gibt es nur noch ein Gesprächsthema: Die guten alten Jugenderlebnisse der 70er…

Geht mit auf eine spannende Reise durch eine wunderbare Jugendzeit, die so nie wiederkommen wird!

Glamrock prägte unsere Jugend genauso wie Pop, Rock, Disco (wenn auch nur am Rande), sowie kultige Filme, die heute noch jeder kennt.

Feten, Discotheken, Rockschuppen, Mofas, Fußball, erste Liebe, Schlaghosen, Plateauschuhe und vieles mehr, was sich tief in uns unlöschbar verankert hat.

Die Zeitschrift BRAVO war wichtiger Bestandteil und was wären die 70er ohne Poster, Starschnitte und natürlich Konzerte, Schallplatten und Musikkassetten gewesen…

Taucht mit uns ein, in eine Zeit, die so viele Erinnerungen hat.

LONG LIVE THE 70´s !!!

Inhaltsverzeichnis:

Die Vorbereitungen der Geburtstagsfeier im 70er Stil:

„Leute, wie wollen wir den Herbie denn überraschen?" fragte Fabi seine Freunde, die sich zusammengefunden hatten, um den 60. Geburtstag von Herbert, genannt Herbie, vorzubereiten, denn Herbie war der letzte der Clique, der seinen 60. Geburtstag zelebrieren durfte. Die Clique bestand aus 5 Freunden, die alle zwischen Dezember 1960 und 1963 geboren wurden und ihre Jugend gemeinsam verbracht hatten.

„Wir machen ne 70er Jahre Party, was denn sonst?" meinte Hotte. „Ist doch logisch!"

„Mit Kultklamotten aus den 70ern?" hakte Fabi nach.

„Du bist doch der Einzige, der noch Plateauschuhe hat, oder?" fragte Ralle.

„Ich hab auch noch welche, Keule," meinte Socke und grinste wie ein Honigkuchenpferd.

„Ich muß passen. Ich hab Schuhgröße 47. Leb auf großem Fuß, wörtlich gemeint…" Dann grinste Ralle.

„Also, was Klamotten betrifft, hab ich noch einiges auf Lager," warf Hotte ein.

„Gut, dann ziehen wir uns entsprechend an. Was schenken wir denn dem guten Herbie?"

Fabi hatte die Frage in die Runde gestellt.

„Ich hätte da ne geniale Idee," meinte Ralle.

„Lass hören, Alter," sagte Hotte, „bin ganz Ohr, wie man so schön sagt…"

„Es gibt vom Bravo-Archiv auf 10 DVDs alle 10 Jahre von 1970 – 1979 auf je einer DVD alle Bravo Hefte, alle Poster und alle Starschnitte zum Kaufen."

Ralle grinste in die Runde.

„Wie geil ist das denn?" freute sich Hotte.

„Was kostet das? Bestimmt nen Vermögen, oder?" Socke schaute misstrauisch.

„Etwas mehr als nen Fuffi für jeden von uns, wenn ich das noch richtig im Kopf habe," redete Fabi dazwischen.

„Das ist machbar und eine supergeile Idee!"

Hotte nickte und schmunzelte dann.

„Also, Ralle. Bestell mal. In 10 Tagen ist das große Ereignis."

„Okidoki, Alter. Soll ich sofort?" fragte der Angesprochene.

„Klar, und dann kriegste von uns gleich die Kohle dafür. Wird ja dann wohl von deinem Konto abgebucht werden, oder?"

Ralle nickte.

Die Freunde freuten sich und Ralle steckte den USB-Stick, den er in der Hosentasche hatte, in die Mini-Anlage, die im Regal stand, hinein und kurze Zeit später dröhnte „Tigerfeet" von MUD aus den Boxen. „Goil!" rief Socke und fing an zu tanzen….

Die 70er Geburtstags-Überraschung:

Die 10 Tage vergingen wie im Fluge. Die Freunde hatten vereinbart, in den Geburtstag hinein zu feiern und ihre Frauen waren einverstanden. Da es Freitagabend war und der Samstag und der Sonntag auch bei allen frei war, gab es die Vereinbarung, dass die „Jungs" erst einmal allein feierten und mit den Frauen sollte am Sonntag eine zweite Feier stattfinden.

Ralle hatte die 10 DVDs pünktlich bekommen und die vier Freunde schauten sich einen Tag vor der geplanten Feier die Klamotten an, die sie tragen wollten.

„Sollen wir die Klamotten nicht erst Sonntag tragen? Am Freitagabend lieber leger, oder?"

„Socke, alter Spielverderber…" meinte Fabi.

„Aber bedenke doch, dass Herbie nicht eingeweiht ist, was wir vorhaben, da wäre Sonntag schon cooler…"

Sockes Logik war auch nicht von der Hand zu weisen.

„Ich packe nur geile Mukke auf den USB-Stick und den können wir laufen lassen, wenn ihr wollt," meinte Ralle.

„Bring auch dein tragbares Gerät mit, Herbie hat keine gescheite moderne Anlage," ergänzte Fabi.

„Mach ich!"

Die Freunde verabredeten noch, was es zum Essen und Trinken geben sollte und dann gingen sie alle mit Vorfreude heim.

Herbie´s Frau hatte eine große Schüssel Kartoffelsalat vorbereitet und Herbie einige Baguettes und Knabberzeug geholt.

Um 19 Uhr trafen die Freunde, wie vorher abgesprochen, bei Herbie ein.

Sein alter Bauernhof lag etwas abseits und es war genug Platz für die Freunde, um draußen ihre Autos zu parken.

„Alter, schön, dass wir reinfeiern dürfen," meinte Fabi und umarmte seinen Kumpel freundschaftlich.

Auch die anderen Freunde begrüßten ihren alten Kumpel und Freund.

„Eigentlich wollten wir dir dein Geburtstagsgeschenk erst Punkt Mitternacht geben, aber…" meinte Fabi und hielt Herbie das eingepackte Geschenk vor die Nase.

„…es ist für uns kaum auszuhalten, da wir auch alle ganz geil darauf sind, was du bekommst." Dann grinste er seinen Kumpel an.

„Wenn ihr wollt…. klar!" Herbie grinste danach.

„Pack aus, Alter und lass uns an deinen PC mit dem riesigen Flatscreen. Hab noch nie so einen großen Monitor für´n PC gesehen…"

Fabi hatte danach eine leichte Verbeugung angedeutet.

„Sind doch nur 140 cm Durchmesser oder so…"

„oder so…" meinte Ralle und schmunzelte. „Nach dem Motto: Man gönnt sich ja sonst nichts…"

Alle waren am Lachen!

Herbie packte das Paket auf Geheiß der Freunde aus und staunte nicht schlecht!

„Seid ihr bekloppt? Das war doch viel zu teuer, Leute…"

Herbie war schier sprachlos!

„Weißt du, Alter, durch vier geteilt, hielten sich die Kosten in Grenzen und wir haben ja auch was davon, woll?" sagte Fabi und grinste dann.

Zuerst packte Herbie die DVD von 1970 aus. Er legte die runde Scheibe ins DVD Laufwerk seines PCs und die Freunde kriegten erstmal große Augen!

„Willkommen im Bravo-Archiv 1970" stand da.

Darunter stand:

„Das Bravo-Jahr 1970" / „Hits des Jahres 1970" / „Otto-Sieger 1970" / „Starschnitte 1970" / „Star des Monats 1970" / „Mittelposter 1970" / zu den PDFs / Impressum / Beenden.

„Was soll ich zuerst anklicken?" fragte Herbie.

„Mach doch von oben nach unten," meinte Fabi und auch die anderen Freunde nickten.

„Leute, bin ich froh, dass es damals schon die BRAVO gab. Wir sollten der BRAVO ein geistiges Denkmal setzen. Ohne BRAVO hätten wir die Jugend nicht so gut verbracht, oder? Alleine die kultigen Poster, Berichte und die Starschnitte," sagte Hotte und seine Augen leuchteten.

„In der Tat!" Ralle nickte. „Ich hatte mein Zimmer immer mit Postern vollgepackt. Wenn neue coole Poster kamen, mußte ich austauschen…"

„Uns gings doch genauso," meinte Fabi und nickte dann.

„Schaun wir mal auf die Hits des Jahres 1970. Damals waren wir ja noch Kiddies, wie man heute sagt. Trotzdem haben wir auch Musik gehört…" Als Hotte das sagte, nickten die Freunde.

„Whole lotta love" von Led Zeppelin war schon ein geiler Song, genau wie „In the summertime" von Mungo Jerry," sagte Ralle und pfiff danach die Melodie des kultigen Sommerhits.

„In der Tat! Kennt echt jeder! Selbst mein Sohn mag das," antwortete Hotte.

„Meiner auch, logo. Der wird immer im Auto mit 70er Mukke zugedröhnt, wie sich das gehört." Ralle hatte das grinsend angefügt.

„Ach ja, dein Sohn ist ja noch jünger, stimmt."

„Erwachsen ist er zwar offiziell schon, er fühlt sich aber noch wie 16…"

„War das bei uns nicht früher auch so?" meinte Herbie.

„Als die 70er an Silvester 1979 um Mitternacht zu Ende gingen und eine neue Ära eingeläutet wurde, war ich voll traurig, Leute. Ich hab echt fast geheult, ehrlich…" Ralle hatte das so direkt gesagt, dass die Freunde schauten.

„Naja, begeistert war ich auch nicht, als die 80er begannen, aber das Leben geht weiter," meinte Fabi.

„Gut, machen wir weiter. Schauen wir uns mal die Otto-Sieger an."

Herbie hatte auf den Button geklickt.

„Pierre Brice, unser aller Lieblings-Apatsche hat Gold geholt und die süße Uschi Glas – alias Apanatschi," meinte Ralle und schwärmte.

„Klar, du als Karl May Fan, bist happy."

„Was gibt es denn noch 1970?" fragte Hotte.

Herbie hatte den Button „Mittelposter" aufgemacht.

„Geil!" rief Fabi. „The Move mit Roy Wood, Bev Bevan und Jeff Lynne. Erste Sahne!"

„Ihr wisst ja, Leute, Fabi und ich sind Roy Wood und Wizzard Fans. Fabi mag auch noch das ELO."

„Ja klar, Roy ist allererste Sahne! Ich hab alle LP´s von Roy, viele Singles und einige Videos. „See my Baby jive" und „Angelfingers" gehören ja wohl zu den geilsten Glamrock Hits aller Zeiten, woll?" meinte Fabi.

„Ich hab auch auf meinem USB-Stick den Song „See my Baby jive" drauf."

„Dann mach an, Ralle." Hotte Ansage war eindeutig.

Ralle wußte, dass das gewünschte Lied die Nr.17 auf seinem Stick war und klickte es an. Die Lautstärke war gemäßigt, damit sich die Freunde weiter unterhalten konnten.

„Lass danach doch einfach weiterlaufen," meinte Herbie in Ralles Richtung schauend.

Der Angesprochene nickte.

„Schaut mal, Leute! Ich hab auf PDFs geklickt. Alle Cover des Jahres 1970 sind da aufgelistet."

„Ich klick mal da drauf, wo die süße Uschi ist," meinte Herbie und grinste.

„Sollen wir dir ein Poster von Uschi Glas ausdrucken? Da wird deine Frau aber ganz schön blöd schauen," meinte Fabi und grinste dann.

„Nö...die weiß, dass ich die Uschi und die anderen Karl May Stars klasse finde. Ich würd mir auch von Pierre Brice, Lex Barker oder Marie Versini die Starschnitte ins Zimmer hängen," meinte der Angesprochene.

„Ah! meinte Fabi. „Zwei Karl May Fans hier. Ralle und Herbie..."

Die Freunde schmunzelten.

„Schau mal, Herbie, da ist ne Sinalco Werbung und da..." rief Fabi aus.

„Kaba Fit! Wie geil ist das denn?"

„Ja, ja, die guten alten Marken aus unserer Werbung... Da kommen Gefühle hoch!"

„Was mochtet ihr dann besonders gerne in den 70ern?" fragte Herbie in die Runde.

Wie auf Kommando meinten Fabi und Ralle dann: „Tri-Top!"

Es gab wieder ein großes Grinsen...

„Alter! Wie geil!" meinte Fabi. „Edelstes „Nogger" Eis!"

Herbie drehte sich zu ihm um. „Ich mochte den „braunen Bär" am liebsten."

„Lasst uns mal die Lieblings-Eis Sorten Diskussion gar nicht erst anfangen, sonst muß einer von uns an die Tanke fahren und Eis holen," sagte Socke und erntete dafür aber nur düstere Blicke.

„Geile Hippie Klamotten hatten die Leute an. Vom Feinsten!" Ralle sagte das schwärmerhaft!

„Das Schärfste ist ja wohl das TV-Programm. Schaut mal, was damals im TV gab," meinte Herbie, der dorthin gescrollt hatte.

„Schaut mal am Samstag: „Spiel ohne Grenzen"… Das hab ich geliebt als Kind. Hab ich immer geschaut," meinte Ralle und strahlte über das ganze Gesicht!

„Super geil! Da war gerade Fußball WM!" Hotte freute sich!

„Blätter mal weiter, genug TV gegafft." Fabi wurde sachlicher.

„Siehste," sagte er, „schon besser. Die „BRAVO Music-Box" . Lasst uns mal schauen, welche Titel da in den Charts waren."

„Das ist die Top 20 der BRAVO-Leser. Die Beatles mit „Let it be" vor den Bee Gees mit „I.O.I.O.". Herbie hatte das ganz trocken vorgelesen.

„Led Zep auf Platz 11 und John Lennon mit „Instant Karma". Ja, gute Titel drin…"

Fabi war wieder recht sachlich.

„Krass! The Who mit „The Seeker" ist auch drin," freute sich Ralle. „Ich bin auch ein Fan von The Who."

„Können wir mal nach 1972 gleich mal springen? Das ist doch eher die Zeit, wo es bei uns los ging in der Schule. Wisst ihr noch? Ralle, obwohl Zweitjüngster von uns, hatte aber auch damals schon die geilen Songs auf Kassette, weil seine Mutter einen super Kassettenrecorder hatte, den er benutzen durfte."

Als Hotte das gesagt hatte, meinte Fabi dann: „Ich hab 1973 genau wie Ralle auch einen eigenen Rekorder bekommen. Leider hatten wir damals noch kein Überspielkabel, um von einem zum anderen Rekorder die Lieder aufzunehmen…"

„Das war erst 1975," erinnerte sich Ralle. „Vorher haben wir mit dem Mikrofon am Kassettenrekorder vor dem Fernseher gesessen und von der „ZDF Hitparade" oder der „Disco" mit Ilja Richter Lieder aufgenommen. Wisst ihr noch, wie still man da sein mußte, damit ja kein Nebengeräusch mit drauf war?"

Die Freunde mußten schmunzeln. Alle erinnerten sich an die Zeit, als wäre es erst gestern gewesen.

Plötzlich klingelte das Telefon! Herbie hatte noch ein Festnetzanschluß.

„Wer stört?" fragte er schelmenhaft in die Muschel.

Plötzlich grinste er. „Klar kannste vorbeikommen. Ja, Ralle ist auch hier. Wir wollen in meinen 60. Geburtstag reinfeiern. Du weißt ja, wo ich wohne, oder? Alles klar! Bis gleich!"

„Das war Jürgen. Er wollte zu Ralle, um ihn zu besuchen und Vicky sagte ihm, dass er bei uns hier ist. Da Jürgen schon mal hier war, findet er den kurzen Weg von Ralle hierher."

Einige Minuten später fuhr ein alter Opel auf den Hof.

„Vom Feinsten! Jürgen steht immer noch auf Oldtimer!" Ralle grinste. Sein alter Kumpel kam die Treppe hoch und klopfte.

Herbie öffnete und dann wurde Jürgen von allen geherzt.

„Moin! So, kommst du jetzt auch endlich in den Club der „Fast-Rentner", Aldä", witzelte Jürgen.

Dann erzählten die Freunde, wie der Abend ablaufen sollte und Jürgen war bereit, da zu bleiben und mitzufeiern. Da alle mit dem Auto da waren, hatte man sich geeinigt, kein Bier anzubieten, sondern wie es früher üblich war, Limonade, „Karamalz" und verschiedene Colaflaschen, sowie stilles Wasser anzubieten.

1971

„Jürgen wir schauen die eben erklärten Bravo DVDs der Reihe nach durch und jetzt ist 1971 dran," erklärte Ralle den aktuellen Augenblick.

„1971 ist zwar nicht der Hit, was Mukke betrifft, aber wir schauen mal, was die Bravo alles da zu bieten hatte," meinte Socke.

„Quatsch, jedes Jahr der 70er Jahre ist was Besonderes. Man sollte jedes Jahr genüsslich zelebrieren," meinte Fabi.

„Lasst uns zuerst einmal die 52 Cover der Bravo von 1971 durchgehen. Mal sehen, was uns anspricht," warf Ralle in den Raum.

Zustimmendes Genicke zeigte an, dass die Freunde einverstanden waren.

„Alter! Auf Heft 41 sind T.Rex auf dem Cover! Auf der Wiese sitzend... Ziemlich cool!"

Fabi war ganz aus dem Häuschen!

„Der Rest der Cover haut mich nicht vom Hocker, ehrlich gesagt..."

Socke war etwas enttäuscht.

„Bis auf unsere Apanatschi, die schöne Uschi," warf Ralle mit einem Augenzwinkern ein...

„Ja, Pierre ist ja auch zu sehen, aber ich mag ihn nur als Winnetou..."

„Schauen wir uns die Hits des Jahres 1971 mal an, ja?"

Die Freunde nickten!

„War klar! „Butterfly" von Daniel Gerard war der Überflieger des Jahres! Dann kann „Hot love" von T.Rex und dann „Co Co" von meiner damaligen Lieblingsband The Sweet," meinte Ralle und grinste.

„Meine Frau mag nur die ersten Hits von Sweet, wie „Co Co", „Poppa Joe", „Funny Funny" und so," meinte Ralle noch. „die rockigen Titel und auch die ganz harten Titel mag sie nicht so sehr..."

„Klar, die meisten Mädels mögen eher die sanften Sachen," sagte Fabi und nickte.

„Denkt daran, wie man die Mädels früher rumkriegte: Hattest du Cat Stevens Platten, hattest du schon gewonnen…"

„Hört, Hört! Du mußt es ja wissen, du Casanova," meinte Socke grinsend!

„Naja, er war ja auch damals DJ, wisst ihr doch… Klar, da kommt man gut an geile Platten ran…"

Ralle nickte und zwinkerte Fabi zu.

„Mußt du gerade sagen mit deinen 12 – 15.000 Singles, Alter…"

Ralle schaute jetzt alle an.

„Bin günstig dran gekommen. Überwiegend 50er / 60er / 70er und 80er Jahre waren das."

„Alter, soooo viele Vinylscheiben hast du?"

Socke war regelrecht von den Socken.

„Warum weiß ich das nicht?"

„Weil du mich nicht gefragt hast?" antwortete er mit einer Gegenfrage.

„Ich hab aber jetzt einen Großteil der Singles vertickert – aus Platzgründen. Ein paar hundert Stück hab ich noch – natürlich nur das Beste vom Besten und überwiegend 70er Jahre, logo…"

Herbie stand auf und ging zum Plattenspieler.

„Was dagegen, wenn ich „Strung up" von Sweet auflege?

Die Freunde schüttelten den Kopf.

Als der Arm auf der Scheibe lag und es leicht knisterte, begann Brian Connolly, der Sänger der Band The Sweet mit „Hellraiser" in der live Version.

„Brian war schon eine Klasse für sich," meinte Fabi.

„Aber nur was die Ausstrahlung betrifft. Die Töne hat er nicht immer getroffen…"

„Trotzdem: Ohne Brian wäre Sweet nix gewesen, finde ich," meinte Ralle.

Die Freunde nickten.

„Kommen wir auf die Jahres Charts von 1971 zurück: „Get it on" auf 8, und „Chirpy Chirpy Cheep Cheep" auf 9, ihr wisst, ich bin immer noch auch Middle of the road Fan…" Ralle grinste.

„Was dagegen, wenn wir ins erste Glam Rock Jahr gehen – also nach 72?"

„Hau rein, Hoschi," meinte Fabi.

„Das ist doch aus dem ersten Bill und Ted Film, oder?" fragte Herbie.

„Jepp! Bunt ist das Dasein und granatenstark – Volle Kanne, Hoschi," schoss es aus Ralle heraus.

„Ah, ein Bill und Ted Fan."

„Da kannste einen drauf lassen, Alter!" Ralle war ganz in seinem Element!

„Gut, Hoschi," meinte Hotte und grinste.

„Kommen wir zu 1972. Jepp!"

1972

Herbie öffnete die PDF.

„Zuerst die Jahrescharts des Jahres 1972," sagte er.

„Alter! „Conny Kramer" auf Platz 1…Wow! Immerhin „Metal Guru" auf 4, „Poppa Joe" auf 7, „Little Willy" auf 11, „Jeepster" auf 16 und „Schools out" von Alice Cooper auf Platz 20."

„Lasst uns die Cover betrachten, Leute," meinte Socke jetzt.

The Sweet sangen immer noch live auf der LP und heizten den Jungs gut ein.

„Alice auf Heft 43 ist klasse," meinte Fabi.

„Klar, du hast ja auch den Starschnitt von Alice in deinem Büro hängen."

„Ich hab aber auch meinen geilen KISS-Flipper dort, woll?"

„Leute, jeder von uns hat doch rattengeile Dinge aus den 70ern, das wissen wir. Lasst uns weiterschwärmen in den alten Bravo Heften," meinte Hotte.

„Gut, mir gefällt das Hippie Bild von der Uschi auf Heft 15 sehr gut," meinte Ralle. „Hat was…"

„Heft 18 hat doch was… Marc Bolan mit Glitter im Gesicht…"

„In der Tat, Fabi, sieht gut cool aus!"

„Mach doch mal Heft 18 auf, mal sehen, was drin ist…" Hotte grinste!

„Geil! „Zwei wilde Companeros" ist drin! Den Spaghetti-Western mit Franco Nero und Horst Janson. Den hab ich auf meiner Festplatte! Super Western, der auch witzig ist! Ich liebe diese Filme, die in Tabernas, der spanischen Wüste, gedreht wurden! Ich kenne das alles vor Ort! Super dort! Lecker Wetter und Sonne pur dort!"

„Ralle, wir wissen doch, dass du Western magst. John Wayne, aber auch Eastwood und Spaghetti Zeugs…" meinte Fabi.

„Klar, da steh ich auch zu," meinte der Angesprochene.

„Lass uns weiterblättern in der Bravo…"

„Schaut mal, die Werbung für die DISCO ´72… T.Rex am abrocken…. 18:45 Uhr am Samstag… Erinnert ihr euch daran?"

„Alter, als wäre es gestern… Bei yt sind aber auch viele Lieder der Discofolgen drin… Ich schaue sie regelmäßig."

„Wir doch auch. Außerdem kommen im TV auch immer wieder mal alte Disco Folgen…"

„In der Musicbox, also den Bravo Charts, ist „Poppa Joe" auf Platz 2 und Mariannchen ist auch noch drin auf Platz 20."

„Ja, der Fabi und seine Marianne." Hotte grinste.

„Schau Ralle an, der mag Mariannchen auch und hat sie schon öfter gemalt…"

„Ihre Stimme ist aber sooooo schön," antwortete Fabi.

„Das mußtest du früher aber geheim halten, weißte noch?"

„Ja, etwas," meinte er grinsend.

Die Platte von Sweet war zu Ende. Herbie drehte sie um.

Die Freunde nickten zufrieden!

Sie öffneten das letzte Heft des Jahres 1972.

In der Musicbox war „Wigwam Bam" auf Platz 1 und „Elected" von Alice Cooper auf Platz 3.

„Children oft the revolution" auf Platz 4 von T.Rex und „Schools out" von Alice auf 8, Gary Glitter mit „I didn´t know I love you" auf Platz 12, Slade mit „Mama weer all crazee now!" auf 18 und Elton John´s „Crocodile rock" auf 19."

Socke hatte sich richtig reingesteigert!

„Schaut mal! Von Sweet und Slade gab es coole Mittelposter," meine Herbie nachdem er auf die Mittelposter von 1972 geklickt hatte.

„Bei den Beatgruppen haben Sweet vor T.Rex und Alice Cooper die Ottos geholt. Nicht schlecht!"

Fabi nickte zuversichtlich!

„Was sollen wir noch schauen?" fragte Herbie.

„Fang doch bei Heft 1 in 1972 an und schau alle mal kurz nach geilen Fotos im Glam Rock Stil durch, ok?" sagte Fabi.

Herbie nickte und fing mit Heft 1 an. In Heft Nr.3 des Jahres waren 2 Doppelseiten über T.Rex und eine Doppelseite über Slade.

In Heft 7 begann eine Story über T.Rex und die Freunde schauten begeistert zu. Die Rückseite von Heft 8 zierte auch die

Band Slade in einem künstlerischen Outfit, dass den Freunden gefiel.

„Mach mir davon mal nen Scan," meinte Fabi zu Herbie.

„Okidoki," sagte der Angesprochene und holte einen Zettel heraus. Einen Kuli zog er aus der Schublade am PC.

„Wenn ihr auch was kopiert oder gescannt haben wollt, sagt Bescheid, dann schreib ich mir das auf."

Die Freunde nickten wohlwollend!

„Schaut mal," sagte Hotte freudig! „Von Slade ein super Bericht in Heft 13 und von Sweet ein Poster als goldener Otto Sieger!"

Fabi nickte. „Das Poster hatte ich früher…"

„…und auch das Superposter von der süßen Uschi?" hakte Hotte nach.

„Nein, das nicht," meinte er. Aber Ralle mag doch „Apanatschi"…"

Ralle grinste. „Im Hippielook sieht`s auch gut aus…"

Die Freunde lachten.

„Sollen wir mal ne Pause machen, was meint ihr? Meine Frau Helga wollte Pizza holen, wenn ich ihr eine SMS schicke."

„Und dann „Brauner Bär" zum Nachtisch?" fragte Socke.

„Wo gibt es das denn?" fragte Herbie.

„In dem riesigen Einkaufszentrum neben der neuen Disko…du weißt schon…"

„Na gut, wenn Helga Zeit hat, fährt sie da vorbei. Vielleicht findet sie ja noch was aus den 70ern…wie „Tri-top", „Capri" oder so…"

Alle Jungs waren am Lachen!

Helga hatte tatsächlich das Unmögliche geschafft! 2 große Party Pizzas besorgt und einiges Süßes, dass es schon in den 70ern gab… „Brauner Bär" war nicht da…

Nachdem sich die Jungs die zwei riesigen Pizzen zu fünft hinter die Kiemen geschoben hatten, waren sie alle pappsatt!

„Alter, die vegane Pizza war ganz passabel, aber die Salami-Schinken Pizza war der Oberburner," meinte Socke.

„Wegen mir eine vegane Pizza," dass mußte doch echt nicht sein," meinte Ralle etwas verlegen.

„So ist sie halt, meine liebe Helga," meinte Herbie. „Sie versucht es allen recht zu machen…"

„Wie wäre es mit einer Art Best of von Suzi Quatro, Leute?" fragte Ralle.

Als alle nickten, holte er den USB-Stick raus.

„Extra für heute draufgepackt…"

Die Freunde genossen es!

Ralles eigene 70er Charts:

„Ich hab mir zum Spaß mal die Mühe gemacht und meine eigene 70er Charts erstellt," meinte Ralle und lachte. „Dann hab ich alles auf einen großen USB Stick gepackt und der läuft bei mir im Auto rauf und runter."

„Hast du die Titel auch aufgeschrieben?" fragte Fabi neugierig.

"Klar, logo. Ich kann sie ja mal vorlesen und dann bei dem einen oder anderen Titel kurz was zu sagen."

Die Freunde nickten einstimmig. Herbie legte eine 90er Musikkassette ein mit einem Live Konzert von Thin Lizzy.

"Was dagegen?" fragte er in die Runde.

Alle schüttelten den Kopf. Herbie hatte etwas leiser gestellt, damit Ralle seine Liste vorlesen konnte. Phil Lynott stimmte gerade „The Boys are back in town" ein und Ralle meinte nur: „Spitze! Mein Lieblingslied der Iren. Ich fang jetzt an!"

„Also, wenn ich mir die Hits von 1970 anschaue und ich muß sagen, ich hab auch deutsche Titel mit in der Liste, die mich bewegten, so haben es folgende Titel auf meinen USB Stick geschafft. Ich muß dazu aber sagen, dass ich einige Songs auch für Vicky, meine Frau, drauf getan hab. Überwiegend kultige Schlager. Los gehts: „Spirits in the sky", der Kultklassiker von Norman Greenbaum, Hippiesound trifft Rock, sag ich nur. Dann natürlich „San Bernadino" von Christie. War sogar Nr.1 in UK, jaja. „Black Night" von Deep Purple ist Kult und ein absolutes Muß! Dann natürlich „Yellow River" von Christie, „Love Grows" von Edison Lighthouse, dass ich persönlich auch hin und wieder so vor mich hinsinge. Es gefällt auch Vicky gut. „In the summertime" ist eines meiner absoluten Sommer Lieblingslieder, wie ihr ja wisst und was wäre 1970 ohne Dave Edmunds... Ich sag nur: „I hear you Knocking"... Dann natürlich: „You can get it, if you really want" von Desmond Dekker und der „Neanderthal man" von Hotlegs, den späteren 10cc... gefolgt von der Hymne meiner Kindheit: „Nana hey hey kiss him goodbye" von Steam. Der Oberburner von 1970, wie ich finde...Für Vicky noch „Mendocino", was mir auch gut gefällt und „Barfuss im Regen" von Michael Holm."

„Jetzt kommt 1971?" fragte Herbie.

„Jepp! Ich lege gleich los... die süße Olivia Newton-John mit „Banks of the Ohio". Ich habe schon als 11-12 jähriger ihre Musik gemocht. Logisch, dass ich "Grease" öfter sah und den Soundtrack neben dem Film habe... Doch weiter mit 1971: „I will return" von Springwater... Voll der Mega Ohrwurm, wie ich finde, natürlich „Hello Buddy" von den Tremeloes, „Co-Co" von den Sweet. Zu Sweet könnte ich jetzt einen ganzen Roman erzählen, genau wie Fabi. Beide hatten wir den Bravo Starschnitt in der Bude, den Suzi Quatro Starschnitt hatte Fabi mir mal gegeben, da er kein Platz im Zimmer hatte. Doch weiter mit der 1971 Auflistung: „Alexander Graham Bell" von Sweet, „Chirpy Chirpy Cheep Cheep" von Middle of the Road, die ich ja auch total mag. Nicht nur die süße Sängerin Sally Carr, sondern die ganze Mukke. Dann natürlich „Tom Tom Turnaround" von New World, dazu mein Lieblingslied von Lobo: „Me and you and a dog named Boo"...das Lied entwickelte in mir genauso wie „San Francisco" von Scott Mac Kenzie Lust auf Reisen in einem selbstumgebauten Wohnmobil."

24

„Das haste ja ab 1990 dann endlich verwirklicht, " grinste Fabi.

„Klar, hab auch jetzt wieder eins. Ein Crafter umgebaut," meinte Ralle.

„Weiter gehts. Da Fabi und ich ja riesige Roy Wood Fans sind, darf natürlich „Tonight" von The Move nicht fehlen. Dadurch wurde Roy Wood berühmt. Wizzard kam erst später. Für Vicky hab ich die deutsche Version von „Butterfly" von Danyel Gerard mit drauf. Natürlich „Funny Funny" von Sweet, „Tweedle dee, tweedle dum" von Middle of the road, „In my chair" von Quo. Bin immer noch großer Quo Fan. War richtig traurig, als Rick Parfitt gestorben ist. Natürlich auch als mein Lieblings Sweet Steve Priest gegangen ist. Gut, dass Andy noch weitermacht. Weiter gehts: „If not for you" von „Livvy", „Indian Reservation" von Don Fardon. Bin riesiger Indianer Fan, wißt ihr ja und auch Western von John Wayne mag ich...Der Duke ist irgendwie was Besonderes gewesen... Weiter mit 71: „Coz I luv you" von Slade. Fabi und ich haben früher immer Anschisse bekommen, wenn wir Slade oder Alice so laut aufgedreht haben... Dann noch: „I´m eighteen" von Alice und „Have you ever seen the rain" von CCR. Zum Schluß von 1971 „Lucky man" von ELP."

„Alter Schwede! Du bist aber echt fit mit den Titeln und den Jahreszahlen," meinte Herbie anerkennend.

„Ist mein Hobby," meinte Ralle und grinste.

"Jetzt kommt 1972 und da beginnt auch langsam unser geliebter Glam Rock. Los gehts: „Crocodile Rock" von Elton John, „Wigwam Bam" von Sweet und „Metal Guru" von T.Rex. Fabi hat den Starschnitt auch, genau wie ich. „Standing in the road" von Blackfoot Sue, was fast wie Slade klingt. Sauguter

Titel! „Soley soley" von Middle of the road, „Elected" von Alice, „Dreams are ten a penny" von John Kincade, was Vicky auch gern mag, „Popcorn" von Hot Butter, das gute Laune Lied, „Telegram Sam" von T.Rex, „A Horse with no name" von America. Ich liebe dieses Lied! Voll der Burner! „Son of my father" von Chicory Tip und die deutsche Version von Michael Holm, die da heißt: „Nachts scheint die Sonne", für meine Süße...Dann „Rock´n Roll" von Gary Glitter natürlich, dann „Amarillo" von Tony Christie für meine Süße, „Beautiful Sunday" von Daniel Boone, „Little Willy" von Sweet, „I didn´t know" von Gary, „Children of the revolution" von Marc und seiner Truppe, „Rocket man" von Elton natürlich, „Schools out" von Alice, „Hold your head up" von Argent, natürlich der Bowie Titel: „All the young dudes", die Mott the Hoople bekannt machten, „Long cool woman" von den Hollies, „Goodbuy T´Jane" von Slade, „Silver Machine" von Hawkwind. Da war Lenny von Motörhead schon spitzenmäßig, „Radancer" von Marmalade und „How do you do" für Vicky. So: „Nights in white satin" von den Moody Blues, „Get it on" von T.Rex und „Ventura highway" von America. Das war 1972."

„Hammer! Respekt!" Herbie war aus dem Häuschen!

„Jetzt kommt Ralle´s Lieblingsjahr der 70er..." Fabi grinste.

„In der Tat! Das ist es! Los gehts: Roy Wood´s Wizzard mit „See my baby jive" und „Angelfingers", „Blockbuster" von Sweet, „48 Crash" von Suzi Quatro, „Skweeze me Pleeze me" von Slade, „20th century boy" von T.Rex, „Hello Hurray" von Alice Cooper, „Do you wanna dance" von Barry Blue, der hatte auch rattenscharfe geile Klamotten aus der Glam Area, „I love, you love, me love" von Gary, „Caroline" von Status Quo, „Do you wanna touch me" von Gary und natürlich auch: „The Groover" von T.Rex. Dann natürlich: „Ballroom Blitz" von Sweet, „Can the Can" von Suzi, „Leader of the gang" von Gary, „Dynamite" von Mud, deren Mukke ich sehr mag, „No more Mr. Nice Guy" von Alice. Mit diesem Lied haben wir die Nachbarn echt genervt! Voll aufgedreht und noch lauter mitgesungen... „Whiskey in the Jar" von Thin Lizzy, „Roll away the stone" von Mott the Hoople, „My coo ca choo" von Alvin Stardust, „Solid gold easy action" von Marc, Lobo´s „I´d love you to want me", „It never rains in southern california" von Albert Hammond, eines meiner Top 50 Lieder aller Zeiten übrigens, „One and one is one" von Medicine Head, natürlich „Hellraiser" von Sweet, „Rock on" von David Essex , „Smoke on the water" von Deep Purple, „We´re an american band" von Grand Funk Railroad. So, dass war 1973."

„Alter, du hast es voll drauf, " meine Herbie. „Bin gespannt, was in meinem Lieblingsjahr 74 alles kommt, was mir auch gefällt."

„Dann hör genau zu, Herbie, los gehts:

„Tell him" von Hello, „Sugar Baby love", „Juke Box Jive" und „Tonight" von den Rubettes, „The cat crept in" von Mud, „Kung Fu fighting" von Carl Douglas, „Let´s get together again" von der Glitterband, die ich voll cool finde, der Zungenbrecher natürlich auch: „This town ain´t big enough for both of us" von den Sparks, „The Bangin Man" von Slade, „Turn it down" von Sweet, „Oh yes, you´re beautiful" von Gary, „Na na na na" von Cozy Powell, voll der Ohrwurm, ja, auch „Rock your baby" in der 6 Minuten Version für meine Süße, „Your baby ain´t your baby anymore" von Paul da Vinci, der vorher bei den Rubettes war und „Sugar Baby love" gesungen hat, eine krasse Stimme wie ich finde, „Dune buggy" von Oliver Onions, Titelmusik von einem Bud Spencer und Terence Hill Film. Die beiden find ich total klasse. Hab auch „Flying through the air" von den beiden Brüdern De Angelo aus'm Hill / Spencer Film mit drauf. Natürlich „Rocket" von Mud, „Teenage dream" von Marc, „Tiger feet" von Mud natürlich! Ich kann den Tanz immer noch! „Angel face" von der Glitterband, „The Bump" von Kenny und „Fancy pants", das kam aber erst 1975, dann einige Hits von Pilot, die hab ich dann später erst dazu gepackt: „Magic", „Penny in my pocket", „You ain't seen nothing yet" von BTO. Ich mochte ihren Dampfhammer Rock. Ihre Songs „Hey You" und „Roll on down the highway" sind auch mit drauf. Für meine Vicky dann „Rock the boat" und natürlich „der Junge mit der Mundharmonika" von Bernd Clüver, das schon älter ist. „Lucy in the sky with diamonds" in der Elton John Version und dann natürlich „Beach Baby" in der langen Version von First Class. Einer meiner Top 10 Hits aller Zeiten. Ich liebe dieses Lied! Dann noch: „T.S.O.P." von MFSB, „Amateur hour" von Sparks, „Benny and the Jets" von Elton John und „Radar love" von Golden Earring."

„Klasse! Viele davon hab ich auch bei mir auf mp3," meinte Herbie.

„1975 ist auch so ein Kultjahr, finde ich," meinte Fabi.

„Stimmt. Ich leg mal los," sagte Ralle. „Ich beginne mit: „Foe dee oh dee" und „I can do it" von den Rubettes, „Fox on the run" und „Action" von Sweet, „Sister Golden Hair" von America, „Lady Marmelade" von Patty LaBelle, ihr wisst schon: Voulez vouz coucher avec moi, se soir..."

Ralle mußte lachen und die Freunde auch...

„Ich fahre fort mit „The Hustle" von Van McCoy, „Free Bird" von Lynyrd Skynyrd, „SOS" und „Ring Ring" von Abba, mein damaliges Lieblingslied als es rauskam: „Barbados" von Typically Tropical, „A Glass of champagne" und „Girls Girls Girls" von Sailor, „Bye Bye Baby" von den Bay City Rollers. Meine Schwester war damals riesiger Rollers Fan. und mir gefallen auch einige Lieder wie z.B. „Yesterdays hero" und „Rock´n Roll love Letter" sowie „Manana", die auch vertreten sind. „Oh Boy" von Mud, „Motor bikin" von Chris Spedding und „I´m not in love" von 10cc, was genauso auf jede Party zum Schmusen gehört wie „Love hurts" von Nazareth. Dann für meine Süße „If you think…" von Smokie, „Shout it out loud" von Kiss, „Barfuss durch den Sommer" und ein „Bett im Kornfeld von 1977 bzw. 1976. Gefallen mir aber auch, muß ich sagen. Dann Steve Harley´s „Make me smile" natürlich, „Down down" von Quo, „The wild one" von Suzi, „New York Groove" von Hello und auch das Cover von Ace Frehley von Kiss, welches ebenfalls granatenstark ist!"

"Jawoll!" rief Fabi. „Bunt ist das Dasein und granatenstark! Volle Kanne, Hoschi"

„Jepp! Du sagst es! Den Kultfilm mit Bill und Ted müßten wir uns auch mal wieder reinpfeifen, oder?" schaute Ralle in Fabi´s Richtung.

„Ach ja, von Pilot natürlich „January", „Paloma Blanca" die deutsche Version von Nina und Mike für meine Süße, der „Rhinestone Cowboy" von Glen Campbell, Rod Stewarts „Sailing", „Roll over lay down" von Status Quo, „Julie Anne" von Kenny, „The Tears I cried" und „Goodbye my love" von der Glitterband, „L-L-Lucy" und „Moonshine Sally" von Mud und natürlich „Streets of London" von meinem Namensvetter Ralph McTell."

„Hast du bis 1979 welche drauf?" fragte Herbie.

„Ja, ab 1977 werden es weniger, denn da gefiel mir nicht mehr so viel. Jetzt kommt 1976:

Natürlich „Jeans on" von David Dundas, „More more more" von der Andrea True Connection, aus sentimentaler Erinnerung an die Klassenfahrt 1976, dann „I only wanna be with you" von BCR, „One drink too many" von Sailor, „Play that funky music" von Wild Cherry, „Let your love flow" von den Bellamy Brothers, natürlich die Glitterband mit „People like you, People like me", „In Zaire" von Johnny Wakelin über den legendären Kampf von Muhammad Ali in Afrika, „Moviestar" von Harpo, „Arms of Mary" von Sutherland Brothers and Quiver, die auch den Rod Stewart Hit „Sailing" geschrieben haben. Dann natürlich eine meiner Lieblingsbands und von Fabi auch, ist ebenfalls vertreten: Manfred Mann´s Earthband: „Blinded by the light", „Joybringer" und „Solarfire". Die letzten beiden Titel von 1973. Nur zur Info. Eric Carmens „All by myself" natürlich, BÖC mit „Don´t fear the reaper", Thin Lizzy mit „The Boys are back in town", „The Lies in your eyes" von Sweet, Peter Frampton „Baby I love your way", „Beth" von Kiss natürlich. Peter ist meiner Meinung nach der beste Sänger mit seiner rauchigen Stimme..."

„Hast du auch die Les Humphries Singers mit drauf?" fragte Herbie.

"Ja, „Mexico" und „Mama Loo" sind bei den unsortierten Titeln, die ich im Nachhinein draufgepackt hatte."

"Kommen wir jetzt zu 1977. Zuerst natürlich „Black Betty" von Ram Jam, „She´s not there" von Santana, „Barracuda" von Heart, einer meiner All-Time Favourites, „Cold as Ice" von Foreigner, „American girl" von Tom Petty and the Heartbreakers, wo wir damals riesige Fans waren, der Fabi und ich. Er hatte das Logo von Tom Petty auf seine Jeansjacke hinten drauf gestickt und ich das von der Earthband. Wir waren beide unbändig stolz darauf!

Weiter gehts: „Love is in the air" von John Paul Young, ein gute Laune Lied, „More than a feeling" von Boston, „2-4-6-8 Motorway" von Tom Robinson, „Don´t stop" von Fleetwood Mac, „Don´t let me be misunderstood" von Leroy Gomez und Santa Esmeralda, natürlich der Ohrwurm von Status Quo: „Rockin all over the world", „Lost in France" von Bonnie Tyler, „Dancing queen" von Abba für meine Süße, dann „Car wash" von Rose Royce, weil ich den Film so rattenscharf finde. Die Klamotten und Frisuren sind der Oberburner. Müßt ihr unbedingt mal schauen. Hammer! Dann „Do ya" von ELO und auch von Move, sowie „Virginia Plain" von Roxy Music."

Ralle machte eine Pause und Fabi fragte: „Haste auch unser „Four horseman" drauf, wo wir früher im Rockschuppen immer so abgerockt haben?"

„Logo," sagte der Angesprochene. Kommen wir zu 1978. „It´s raining" und „Daddy cool" von den Darts. Ich mag diese 50er Mukke von denen gern. „Again and again" von Quo, „Substitute" von Clout, das waren hübsche Mädels aus Südafrika, „Baker Street" von Gerry Rafferty, „Dancing in the city" von Marshall Hain, „Denis" von der damals süßen Blondie, jedenfalls damals hab ich das so empfunden, „I can´t stand the rain" von Eruption mag ich eigentlich nur, weil ich das Video so

31

oft geschaut habe. Die Klamotten waren der Oberburner! Ein Muß war die LP „Levelheaded" von Sweet und daraus: „Love is like Oxygen", „Lettres d´amour du France" und „Fountain". „Davys on the road again" von Manfred Mann´s Earthband, „Lay your love on me" von Racey für meine Süße, dann natürlich Meat Loaf, den ich damals live gesehen hatte, 4 Stunden Konzert, war echt heftig, mit „Two out of three ain´t bad" und „Paradise by the dashboard light", „We are the champions" von Queen, „Dust in the wind" von Kansas, „Because the night" von Patti Smith, „Just what I needed" von den Cars, Cheap Trick´s „I want you to want me" und „Surrender", „My sharona" von The Knack, der „Highway Song" von Blackfoot, und „Wheel in the sky" von Journey."

„1979 war ein historisches Jahr, dass ich voll und bewußt gefeiert habe, da ich Bammel vor den 80ern hatte. Kiss hatten mit „I was made for lovin you" einen Big Hit und 1980 sahen wir sie live in der Düsseldorfer Philipshalle mit der Vorgruppe Iron Maiden, die damals noch voll unbekannt waren. Erinnerst du dich, Fabi?"

„Klaro! Ich kam etwas später als ihr an, da das Make-up von Gene und die Perücke viel Zeit in Anspruch nahmen, " meinte er grinsend.

„Jepp! Doch wir sind im letzten Jahr des Kultjahrzehnts. Ich hab noch folgende Titel von 1979 drauf: „Boy oh boy" und „Some girls" von Racey für Vicky, „Accident Prone" und „Whatever you want" von Status Quo, „Hold the line" von Toto, „Are Friends electric" von Gary Numan and Tubeway Army, Elvis Costello mit „Olivers Army", „Good girls don´t" von The Knack.

Dazu einige Titel unsortiert: „Lovers" von Streetmark, Eroc und seine „Wolkenreise", Novalis – „Irgendwo, Irgendwann", „Age of madness" die ganze LP von Jane, „Under the moon of love" von Showaddywaddy und „Rama lama ding dong" von Rocky Sharpe and the Replays für meine Süße, „Love stealer" von Hello, „Magic fly" von Space, „Drivers seat" von Sniff ´n the tears, „Tornero" von I Santo California, „When" von John Kincade, „Do you remember Marilyn" von Kincade, „Over and over" von den James Boys, „Nice and slow" - Jesse Green, Erinnerungen an die Klassenfahrt 1976, „Lovemachine" von Supermax, „Sugar sugar" von den Archies für meine Süße, „Guitar King" von Hank the Knife and the Jets, „Band on the run" von den Wings, „Star studded sham" von Hello. Ich weiß noch genau, wo ich die Single damals kaufte, „Just for you" von der Glitterband, „Buddy Joe" von Golden Earring, „Airport" von den Motors, „Amigo Charlie Brown" von Two Man Sound, „Fanfare for the common man" von Emerson, Lake und Palmer, „Have I the right" - Dead end Kids, „Rock´n Roll Winter" von Roy Woods Wizzard, „I need to know" von Tom Petty und seinen Heartbreakers, „Wild Side of life" von Status Quo, dann natürlich „Take me home Country roads" von John Denver, den ich sehr mag und auch noch live sehen konnte, dann natürlich die Ramones mit „Sheena is a punkrocker", von David Bowie natürlich „Ziggy Stardust", „Starman", „Life on mars" und „Sufragette city". „Show me the way" von Peter Frampton, von BTO den Titel „Takin care of business", von Sweet – „The sixteens" und „Blockbuster", „Billion Dollar Babies" von Alice Cooper, „Doctor Doctor" von UFO, die Runaways, von denen ich damals ein riesiger Fan war mit „Cherry Bomb", „Cum on feel the noize" von Slade, „Rebel Rebel" von David Bowie, „Carry on my wayward son" von Kansas, „Cherry Baby" von The

Starz, „Keep on lovin you" - von Reo Speedwagon, Nick Lowe mit „Cruel to be kind", Ritchie Blackmore´s Rainbow mit „Long live Rock´n Roll", Judas Priest mit „Diamonds and rust", Fleetwood Mac mit der schönen Stevie Nicks und dem Titel „Rhiannon", Barclay James Harvest mit „Rock´n Roll Star", John Miles mit dem Klassiker: „Music", und natürlich auch einer von Fabi´s Lieblingslieder der 70er: Eddie and the Hot Rods mit „Do anything you wanna do", Status Quo mit „Rain", „Baba O´Riley" von the Who, Nazareth mit „My white Bicycle", „Jessie" von den Allman Brothers, ein bekanntes Stück, das viele vom Hören kennen, aber nicht wissen, von wem es ist.

Jetzt kommen noch einige deutsche Titel: „Hot love" von Mon Thys, eine echt gute deutsche Version, wie ich finde. „One way wind" von den Cats auf deutsch gesungen, sehr guter Text! Und von den Puhdys: „Reise zum Mittelpunkt der Erde", „Perlenfischer" und natürlich: „Alt wie ein Baum" ! Natürlich von Marius Müller-Westernhagen einige Frühwerke: Da wären „Wir waren noch Kinder", dass ich schon sehr lange kenne und die Dudelsackeinlage mich immer sehr wehmütig gestimmt hat und ich großes Heimweh nach Schottland bekam. Leider klappte der erste Besuch dort erst 1990 und dann noch einmal 1996. Von Marius habe ich aber auch „Mit 18", „Taximann" und natürlich „Mit Pfefferminz bin ich dein Prinz" mit drauf. Von Marius gibt es übrigens in der Disco 73 einen legendären Auftritt! Fehlen darf natürlich auch nicht der Song „Celebration" von ihm, den er unter dem Pseudonym Marius West für den Film Supermarkt, der 1974 erschien, komponierte. Ein grandioser Song von ihm!"

„Das ist so ein geiler Song! Ich hab ihn da. Moment! Ich lass ihn laufen, sagte Herbie und drehte etwas auf.

Als das Lied beendet war, nickten alle zufrieden! „Fürwahr! Ein opulentes Werk! Sollte jeder 70er Fan kennen," meinte Fabi anerkennend.

„Darf ich noch kurz zu Ende reden von eben?" fragte Ralle.

Die Freunde nickten.

„Also ich höre heutzutage noch vieles andere von früher. Ich bin ja, wie wenige von euch wissen, auch ein Krautrock Fan und da sind es besonders JANE und SHAA KHAN, die ich immer noch regelmäßig höre. Ich mag auch alles, was so „orgelmäßig" angehaucht ist. Kennt ihr noch STREETMARK? Deren Cover-Song „Eleanor Rigby" läuft bei mir auf dem USB-Stick, der in meinem tragbaren Gerät steckt. Fabi mag den Song auch sehr! Man sollte im Hier und Jetzt leben und sich seine Filme und Serien, die man gerne sieht, genauso wie die Mukke selber aussuchen."

„Hört, hört! sagte Herbie. Gut gesagt! Das sehe ich genauso. Die heutige „Musik" kann man sich echt nicht antun. Die meisten, die ich kenne, die fünfzig und älter sind hören nur Mukke der 60er, 70er oder auch 80er. Das war wenigstens noch Musik…"

Jürgen schaute Herbie an. „Darf ich auch mal meinen Senf dazugeben?"

Alle nickten.

„Nun, in den 70ern war es natürlich der Udo, dem ich echt immer hinterher gereist war – von Konzert zu Konzert. Das war gar nicht immer einfach zu bewerkstelligen, könnt ihr euch sicher vorstellen. Aber auch gute englische Rockmusik mochte ich, wie Led Zep, Purple und so, aber auch das, was damals in den Charts war und gut abrockte…" Dabei grinste er.

„Ihr seht, Leute, die heutige Mukke kann nicht mal zu 1% mit der Mukke von früher mithalten," meinte Herbie grinsend.

Wollen wir die Bravo Hefte weiter zelebrieren und unsere Meinungen dazu sagen? fragte er dann.

Die Freunde nickten zustimmend.

1973

Die DVD wurde geöffnet: Zuerst öffneten sie die Startseite der PDFs, wo sie alle 52 Cover des Jahres 1973 sahen.

„Heft 4 zeigt Brian, voll geil!" sagte Fabi voller Freude!

Herbie öffnete die PDF und scrollte runter. Auf den Seiten 20 und 21 war der Bericht zu lesen, dass Sweet vor hatten, nach Deutschland zu kommen, um dort Konzerte zu geben.

„Sie wollten vom 1.2. – 5.2. 1973 nach Deutschland kommen. Weiß einer von euch, ob Sweet wirklich damals da waren?" meinte Herbie.

„Lasst uns in den nächsten Bravo-Ausgaben nachsehen. Vielleicht haben sie darüber berichtet."

Ralle grinste, nachdem er das gesagt hatte.

„Lass uns schauen, Herbie," meinte Fabi und stupste seinen Kumpel an.

„Jepp," meinte dieser uns fing an Heft 5 zu öffnen…

„Warte noch," meine Jürgen. „Lasst uns erst das Heft noch ganz durchblättern, ich möchte in Erinnerungen schwelgen…"

„Alles klar…" Herbie lächelte.

Er brauchte nicht lange zu blättern, bis Jürgen „STOP!" rief.

„Wie super ist das denn?" fuhr Ralle dazwischen.

„Schaut mal! Eine Werbung für das neue Zack Comic Album Nr.4 mit großem Michel Vaillant Poster! Dieses Heft hatte ich leider nicht! Ich sammle Zack Hefte immer noch. Wie cool!"

„Alter!" rief Fabi. Die Hitparade ist ja der Oberhammer! Schaut mal! „Wigwam Bam" vor „Elected" und „Crocodile Rock". Die Kiddies hatten einen guten Geschmack!"

Alle Freunden mußten lachen!

„Gudbuy T`Jane" auf Platz 5, „Solid Gold Easy Action" auf Platz 8 und „Children oft he Revolution" auf Platz 18. Hammerhart!"

Fabi freute sich, als wäre er wieder Jugendlicher im Jahre 1973.

„Schau mal Fabi, Alice ist als Rückseitenposter drauf und der Starschnitt von ihm, den du ja in deinem Arbeitszimmer hängen hast, beginnt mit Heft 5 in 1973," meinte Ralle zu ihm.

Fabi grinste wie ein Honigkuchenpferd!

Herbie öffnete Heft 5. Sie scrollten es durch, doch nur die ersten beiden Teile des Bravo Starschnitts von Alice Cooper gefiel ihnen.

Herbie begann danach Heft 6 zu öffnen.

„Wie cool!" sagte Ralle. „4 Seiten über die Rockoper „Tommy" von the Who. Ich bin ein totaler Fan von Who."

Herbie blätterte weiter.

„Respekt!" sagte Ralle dann. Terence Hill gewann den bronzenen Otto 1972 bei den Männern und...wieder ne Zack Werbung für Heft 6. Echt cool!"

Herbie hatte nämlich einfach weitergeblättert.

Als sie zu den „Hits der Woche" kamen, meinte Fabi voller Freude: „Sweet mit „Blockbuster" ist gerade neu drin. Klasse!"

Bei Heft 7 war Alice Cooper vorne drauf und danach kam eine Doppelseite mit Elton John, wo er Plateauschuhe trug und die Freunde grinsten! Bis auf Jürgen waren sie alle immer noch Fans der schrägen Plateauschuhe.

„Wisst ihr was?" meinte Fabi. Bei den Kleinanzeigen im Internet vertickert grad einer edelste Plateauschuhe. Und was will er haben. Was meint ihr?" fragte er in die Runde.

„Nen Hunni?" meine Herbie.

„Wäre schön. 400 Tacken..." Fabi schaute leicht traurig.

„Neee, Arschlecken rasieren dreifuffzig, meinte Ralle, „viel zu dühr!"

„Klar, viel zu teuer," meinte auch Jürgen.

„Hätte ich meine Hacker noch, könnt ich richtig Asche mitmachen," sagte Herbie, „die passen mir nämlich nicht mehr."

„Ja, vieles könnte man heute für teures Geld vertickern…" Ralle nickte. „Hab meine Hacker auch nicht mehr. Waren in 45, hab jetzt 47/48. Leb auf großem Fuß…sozusagen…"

Alle mußten lachen!

Herbie scrollte in Heft 7 weiter runter und die Freunde jubilierten plötzlich!

„Wie geil ist das denn?" meinte Fabi. „Sweet haben ja, wie ihr wisst, den goldenen Bravo Otto 1972 geholt, aber das Poster ist ja der Oberburner!"

„T.Rex auf Platz 2 und Alice auf 3. Die Leute haben einen guten Geschmack," sagte Ralle.

Herbie öffnete Heft 8.

„Ja, das war damals einer meiner Schwärme," meinte Ralle, als Herbie ein Poster von Monica Lundi zeigte. „Die fand ich supersüß damals".

„Noch süßer als Marianne?" meinte Fabi grinsend.

„Ich mochte beide und natürlich Uschi als Apanatschi," sagte er grinsend.

Plötzlich meinte Ralle: „Alter! Heft 8 von Zack. Ich denke, ich muß mal wieder meine alten Zack Hefte rausholen und lesen. Ich hab auch die neueren Zack Hefte. Ja, Zack ist etwas, dass ich immer schon mochte."

Da niemand darauf reagierte, scrollte Herbie weiter.

„Oh! Sally Carr, die hübsche Sängerin von Middle oft he road aus Schottland. Die mag ich auch," meinte Ralle grinsend.

„Sally oder die Band?" fragte Herbie.

„Beide!" meinte Ralle grinsend. „Ich mag die Mukke von denen halt. Nicht nur, weil sie Schotten sind…"

Fabi grinste plötzlich: „Schaut euch die Hits der Woche an- „Crocodile Rock" auf 1, „Wigwam Bam" auf 2 und „Solid gold easy action" auf 3. Coole Sache!"

In Heft 9 war ein super cooles Slade Mittelposter drin und ein Bericht mit Poster von Rick Springfield.

Ralle warf ein: „Ich mag einiges von ihm. Besonders „Jessies Girl". Und fand es schade, dass er im ersten „Kampfstern Galactica" Film so früh sterben mußte. Ich fand die Serie und auch die Filme trotzdem besser als die „Krieg der Sterne" Filme."

„Echt jetzt?" meinte Herbie. „Mir gefielen die drei „Star Wars" Filme, die Ende der 70er gedreht wurden, besser."

„Ist halt Geschmackssache, woll?" meine Fabi.

„Prinzessin Leia´s Frisur war ja wohl furchtbar. Aber „Chewy" war Klasse," sagte Ralle grinsend.

„Klar, Chewbacca ist ja auch absolut super! Aber Harrison war auch klasse!"

Alle Freunde schmunzelten.

„Geht's jetzt um Filme?" meinte Jürgen. „Da muß ich passen. Ich hab damals nur an Autos rumgeschraubt und hatte nur Augen für Mädels…"

„Wir doch auch, aber noch nicht 1973, da waren wir dafür noch zu jung." Herbie nickte, als er das gesagt hatte.

„Ich las damals alle Comics, die ich in die Finger bekam. Meistens Micky Maus Hefte und so." Dieses fügte er hinten an.

„Comics haben wir ja alle irgendwann mal gelesen, bis auf Jürgen," sagte Ralle und grinste.

„So ist es," meine Jürgen.

Herbie öffnete Heft 10 und scrollte los.

„Stop!" meinte Ralle dann.

„Ich sehe gerade das süße Poster von Susan Dey und oute mich als Fan der Serie „Partridge Family" mit ihr und David Cassidy. Ich hab auch viele Folgen daheim, allerdings nur im englischen Original."

„Echt? Partridge Family?" sagte Herbie.

„Mochte ich früher auch. Ich denke fast jeder Junge mochte Susan Dey, oder?"

Die meisten nickten und Jürgen sagte. „Hübsch, aber kenn ich nicht."

Jetzt brach ein Gelächter los...

„Laßt uns mal ne Pause machen. Ich hab wieder Kohldampf," meinte Herbie. Dann ging zu einem Schränkchen und holte 5 verschiedene Tüten mit Chips heraus, einen Beutel mit „Bounty" Riegel und einen mit „Twix".

„Früher hieß das „Raider"," meinte Ralle und alle mußten lachen!

„Greift zu, Jungs," meinte Herbie und holte eine Kiste Karamalz.

„Oh! Vom Feinsten" sagte Fabi und kurze Zeit später zischten die ersten Flaschen.

Nachdem sie sich etwas zugeprostet hatten und auch die Naschereien Anklang fanden, meinte Fabi zu Herbie: „Wie sieht´s aus, Alter, kannste mal die Riesenposter zeigen, die 1973 drin waren. Das riesige Poster von Sweet auf dem „Vierer-Tandem", sag ich mal, hatte ich auch…"

„Jepp! Ich auch," sagte Ralle und grinste.

Herbie öffnete die Datei, wo die großen Poster zu sehen waren.

„Marilyn, nicht schlecht. Gary auf dem Motorrad, voll der Poser, Suzi richtig süß, Les Humphries und seine Singers, James Dean, David Cassidy und Charles Bronson. Nicht schlecht, Herr Specht!" Hotte hatte lange nichts mehr gesagt, genau wie Socke, da beide nur den Anderen zugehört hatten, doch jetzt sprudelte es aus ihnen heraus.

„Lasst uns über andere Dinge der 70er reden," meinte Socke.

„Über was denn?" fragte Fabi und schaute ihn fragend an.

„Filme, private Dinge und so´n Zeugs halt…" Socke grinste danach.

„Neeee, wir wollen weiter die Bravos durchackern. Zumindest bis Ende 1975, weil ab da ging es musikalisch schwer nach hinten los, hab ich recht, Jungs?" meinte Herbie.

„Bis auf Udo, der kam da erst richtig in Fahrt," meinte Jürgen.

„Ja, Udo ist ne Ausnahme, klaro!"

„Soll ich mit den Heften von 1973 weitermachen?" fragte Herbie.

„Lasst uns die Cover ansehen und dann entscheiden, welche wir durchschauen," meinte Socke.

Die Freunde nickten einstimmig.

„Heft 18," sagte Fabi. Da ist die Ute Kittelberger drauf als Mädchen des Jahres. Die war echt süß damals!"

Herbie öffnete Heft 18 und blätterte los.

„Geil! Led Zep!" rief Jürgen. „Meine Mukke!"

Herbie blätterte die Bravo durch.

Auf Seite 43 kam eine Grundig Werbung für den Cassettenrecorder C410.

„Den wollte ich damals haben, aber leider hatte ich nicht genug Geld," seufzte Socke.

„Echt vom Feinsten, für damalige Verhältnisse," meinte Ralle anerkennend. „Diese alten Werbungen sind echt voll super! Wenn ich Platz hätte, würde ich mir einige ausdrucken und als Collage in einem großen Rahmen verewigen."

„Gute Idee!" Herbie nickte anerkennend.

„Wo du gerade bei den „Hits der Woche" bist, Herbie," meinte Fabi. „Von den deutschen Titeln hier: Welche gefallen euch ganz ehrlich gut?

Ralle grinste und meinte: „Meine Süße und unsere Tochter mögen Schlager der 60er und 70er Jahre. Ich kenne die alle in- und auswendig. Aber ihr wisst ja, dass Fabi und ich Marianne Rosenberg Fans sind. Christian Anders hat auch schöne Lieder und alles andere kennt man ja. Ihr wisst schon: Früher in den frühen 70er Jahren bis etwa 1975 müssten wir jede Folge der Hitparade mitschauen und ich mußte das eine oder andere Lied für meine Mom mit ihrem Cassettenrecorder vor dem Lautsprecher des Fernsehers sitzend, aufnehmen. Bei der Disco mit Ilja haben wir kaum aufgenommen, da immer reingequatscht oder reingeklatscht wurde. Aber wenn Stars kamen, die uns gefielen, haben wir quasi jede Sekunde aufgesogen. Es gab ja noch keine Videorecorder zum Aufnehmen."

Herbie hatte das Heft zu Ende durchgescrollt, als Fabi „Stop!" rief!

„Schaut euch dieses rattenscharfe Poster von Sweet auf der Rückseite an. Ist das nicht verschärft?"

Die Freunde nickten, bis auf Jürgen. Er wartete auf Udo…

„Öffne mal Heft 24, da ist Steve Priest mit Glitter vorne drauf," meinte Ralle.

Herbie tat es und sofort kam ein Bericht über „die Glitzer-Stars".

Zu sehen waren Steve Priest, Andy Scott und Brian Connolly von der Band The Sweet, Marc Bolan von T.Rex, die Osmonds, Elton John, Gary Glitter und sogar David Cassidy hatte Glitter-Outfit an.

„Voll verschärft!" rief Fabi.

44

Weiter hinten im Heft kam ein Bericht über den 1973er Kultfilm: „Auch die Engel essen Bohnen" mit Bud Spencer und Giuliano Gemma. „Es ist ein Film in bester Bud Spencer / Terence Hill Manier. Ich mag ihn sehr, wie fast alle Bud Spencer / Terence Hill Filme. Schließlich hab ich nicht umsonst Terence Hill in Lebensgröße als Bravo-Starschnitt in meinem Arbeitszimmer an der Wand." Ralle grinste dann.

„Aber die Zeitungspapiere vergilben doch mit der Zeit," meinte Socke.

„Ich hab es mir auf Fotopapier als großes Poster ziehen lassen. Das hält ewig lang," sagte Ralle.

„Ist aus einen der beiden „Nobody" Filme mit Terence, oder?" fragte Hotte.

„Jepp!" Ralle nickte.

„Man könnte also jetzt die Starschnitte aus den 70er Jahren so quasi in guter Quali sich als großes Poster machen lassen?" hakte Socke nach.

„Ja, geht. Mein Terence Starschnitt hat 36 Tacken gekostet. Dürfte aber mittlerweile teurer geworden sein. Ich hab ja auch alle Starschnitte, die mit Karl May Filmen zu tun haben, wie ihr wisst."

Ralle grinste in die Runde.

„Schön und gut, Ralle. Aber man muß auch Platz dafür haben, woll?"

„Einstimmiges Nicken.

„Ralle hat mir letztes Jahr zum Geburtstag den Udo Lindenberg Starschnitt in gleicher Qualität geschenkt," meinte Jürgen.

„Ja, man kann ja beim Bravo-Archiv die Starschnitte erwerben, wisst ihr ja."

„Oder gleich das ganze Jahrzehnt kaufen und dann die Starschnitte inklusive haben, logischerweise."

„Ja, ich hab meiner Mon die 50er Jahrgänge zum Geburtstag geschenkt. Also 1956, vom Beginn der Bravo, bis zum letzten Heft von 1959. Die hat sich riesig darüber gefreut! Sie hat den Peter Kraus Starschnitt in ihrem Hobbyraum an der Tür hängen…"

„Ihr müßt wissen, dass Ralle´s Mom Peter Kraus und Elvis Fan ist und Ralle alles quasi mit der Muttermilch mitbekommen hat. Er kennt sich in den 50er Jahren ab 1957 und den 60er Jahren auch gut aus, was Musik und Filme aus Deutschland betrifft."

Ralle ergänzte: „Ja und meine Süße schaut gerne die 70er Filme und da unsere Tochter Roy Black Fan ist, kenne ich da aus deutschen Landen auch alles."

„Hat sie denn den Roy Black Starschnitt auch, Ralle?" fragte Socke.

„Klar! Mein Sohn und ich haben ihn zusammengeklebt und er klebt innen an ihrer Zimmertür."

„Also seid ihr, was Bravo betrifft, gut sortiert," meinte Hotte und grinste.

„In der Tat, Alter," meinte Ralle und nickte.

„So, kommen wir zur Bravo von 1973 zurück?" Herbie hatte es in den Raum gestellt.

Fabi meinte dann: „Schaut mal, auf Heft 43 ist Suzi drauf."

Herbie nickte und öffnete Heft Nr.43 von 1973.

Auf den Seiten 12 und 13 waren Roy Wood und Wizzard zu sehen.

Ralle und Fabi riefen gleichzeitig „Stop!"

Sie wollten den Bericht unbedingt lesen.

Fabi legte danach los: „Ralle und ich sind seit damals große Fans von Roy Wood, Wizzard und natürlich der Band „The Move", in der Roy vorher spielte und viele Hits hatte."

Ralle merkte, dass Fabi kurz Luft holte und fuhr dort fort, wo Fabi aufgehört hatte.

„Als ich das erste Mal „See my Baby jive" hörte, war es so, als hätte ich eine neue musikalische Welt betreten. Unfassbar, was da abging! Innerhalb kürzester Zeit hatte ich alles gekauft, was ich von Roy Wood bekam. Nach und nach alle Move Platten, dann seine Solo LPs und alles, was es da von Wizzard gab. Wir sind immer noch sehr große Fans von Roy!"

Fabi nickte zustimmend!

„Zählt doch mal auf, wie ihr an eure Platten gekommen seid," meinte Socke in die Runde.

„Hauptsächlich durch Flohmärkte oder aber auch durch Tauschen von Platten," sagte Ralle.

„Auf´m Flohmarkt kosteten Singles in der Regel 1 DM. Hin und wieder mußte man auch 2 Märker dafür berappen, aber ab und zu gab`s auch mal welche für 50 Pfennig."

„Oder Mengenrabatt," sagte Herbie.

„Ich hab mal so ne Kiste mit LP´s durchgeschaut," meinte Ralle „und der Typ meinte, wenn ich alle nehme, macht er mir nen Sonderpreis. Es waren über 100 LP´s in dem Bananenkarton. Er wollte 1 DM pro Stück, was schon ein guter Kurs war. Aber er sagte, da es bald Feierabend war und er keinen Bock hatte, sie wieder mitzunehmen, ich würde alle für´n Zwanni kriegen. So viel hatte ich nicht mehr und zeigte ihm mein Restgeld, was ich dabei hatte. Es war 15 oder 16 Mark und er war einverstanden. Ich freute mich wie Bolle! Nur der Weg zum Auto war recht weit! Mehr als die Hälfte der Platten gefielen mir und den Rest verschenkte und vertauschte ich."

„Ja, so was kenne ich auch," meine Hotte und nickte.

„Freunde, ich habe da mal was ausgedacht," meinte Socke in die Runde.

„Was wäre denn ein „70er Erinnerungstag" ohne ein „70er Jahre Spiel der außergewöhnlichen Art".

„Und was hast du dir dabei so vorgestellt?" fragte Fabi.

„Etwas, dass dich vor Freude jubeln lässt, alter Kumpel," meinte Socke und zwinkerte Fabi zu.

Dieser war ganz überrascht und schaute dann genauso gespannt wie die anderen Freunde in Richtung Socke.

„Nun, da ihr alle gespannt seid, werde ich euch nicht länger im Argen lassen und euch erzählen, was ich mit euch spielen möchte…"

Das 70er Jahre Spiel

„Stellt euch vor, ihr hättet die Möglichkeit, 1 Jahr lang, genauer 52 Wochen lang, jeweils einen Tag in der Woche, genauer jeden Samstag, als Gruppe in ein Jahr euer Wahl innerhalb des 70er Jahres Jahrzehnt zu reisen. Jeder von euch würde jedes Mal 100 DM zu je 10 Scheinen a 10 DM bekommen. Alles, was ihr tragen könnt, dürftet ihr mitnehmen und beim Beginn der Rückreise würde alles Geld, was ihr nicht ausgegeben habt, weg sein."

„Moment, nicht so schnell," meinte Herbie. „Erklär das mal ganz genau, so dass es auch alle verstehen."

Socke nickte. „Stellt euch vor, als Geschenk würdet ihr als Gruppe, ähnlich wie auf der Enterprise, gemeinsam in ein bestimmtes Jahr innerhalb der 70er Jahre reisen und alle wieder am Abend gleichzeitig zurück. Aber nur wir hier. Sonst niemand. Keinen Frauen von uns, keine Kinder, keine Kumpels etc. Alles was wir tragen können und redlich erworben haben, ohne jemanden zu bescheißen, betrügen etc. und ohne in das Zeitgeschehen einzugreifen."

„Was heißt das mit dem Zeitgeschehen?" fragte Herbie nach.

„Nun, ganz einfach. Theoretisch könntet ihr ja 6 Richtige im Lotto haben, wenn ihr vorher schaut, welche Zahlen das nächste Mal gezogen werden und ne Woche drauf mit dem Schein hingehen und das Geld würde dann nach entsprechender Zeit ausgezahlt. Damit würdet ihr aber ggf. ins Zeitgeschehen eingreifen."

„Und nen Fünfer?" fragte Fabi. „Das weiß ich nicht, jedenfalls nichts Großes und Auffälliges."

„Jeder von euch sollte mal überlegen, was er in den 70ern kaufen würde und was er sonst dort täte. Ach ja: Wir würden uns 52 mal, also jede Woche am Samstag, um 8 Uhr morgens hier in der Nähe in einem Restaurant treffen, wo es ein leckeres Frühstück gibt, auch vegan für Ralle, und hätten eine Stunde Zeit, ausgiebig zu frühstücken, aufs Klo zu gehen etc. und Punkt neun Uhr würde das „Beamen" in die Stadt unserer Wahl geschehen. Punkt 19 Uhr am Abend würde es wieder gemeinsam zurückgehen."

„Wie würde das klappen, dass uns niemand sieht?" fragte Fabi.

„Starten würden wir in einem Hotelzimmer, dass wir für ein Jahr im Voraus gebucht haben und landen in einem kleinen Wäldchen, welcher meinem Onkel damals gehörte und der immer noch im Familienbesitz ist und wo Fremde keinen Zutritt haben."

„Welche Stadt wäre es?" fragte Ralle jetzt.

„Nun, da wir alle, außer dem lieben Jürgen, aus dem Bergischen Land und Umgebung stammen, habe ich für unser Spiel Wuppertal ausgesucht."

„Gute Idee, da die meisten von uns das Tal wie ihre Westentasche kennen," sagte Ralle und nickte anerkennend.

Socke stand auf und holte mehrere Blöcke und ein paar Kugelschreiber und drückte jedem der Freunde einen Block und einen Kuli in die Hand.

„Schreibt mal auf, was ihr kaufen würdet, wenn ihr 52 Wochen lang jeweils 100 DM zur Verfügung hättet. Ihr dürft das Geld vermehren, aber nicht betrügen und wie gesagt, das Zeitgeschehen nicht beeinflussen."

„Ich hab da mal ne Frage," meinte Ralle. „Ihr wisst, dass ich seit der Saison 1970/71 riesiger Gladbach Fan bin und hätte gerne das Pokalendspiel 1973, wo unser Günther die Kölner in der Verlängerung besiegt hat, gerne live gesehen. Ich hatte es als Kiddie leider nur vor dem Fernsehgerät geschaut. Aber mein Jubel war sehr laut, könnt ihr euch sicher vorstellen."

„Nun, was ist jetzt deine Frage?" hakte Socke nach.

„Ja, ich hätte natürlich so oder so auf meine Borussia gesetzt und auch einige Märker riskiert. Dürfte ich jetzt z.B. auf die Borussia wetten, dass sie gewinnen? Ich mein, ich hab ja nur 100 Mücken zur Verfügung."

„Stop!" rief Herbie.

„Das würde ja bedeuten, dass wir nach 1973 gehen würden, oder?"

„Was spräche gegen 1973?" meinte Fabi.

„Das ist das Glamrock Kultjahr schlechthin. Plateauschuhe, geile Klamotten…"

„und die seinerzeit auch schon sauteuer waren," fuhr im Herbie dazwischen.

„Gut," sagte Socke. „Lasst uns abstimmen. Wer ist für 1973?"

Bis auf Jürgen und Herbie waren alle dafür.

„Gut, das ist die Mehrheit," meinte Herbie. „Ich hätte auch 1973 vorgeschlagen."

Socke nahm seinen Block und Kuli, hielt es zusammen hoch und sagte zu seinen Freunden: „Lasst uns Ideen sammeln, was wir alles kaufen könnten für die 100 DM bei jedem Ausflug."

Die Freunde nickten und jeder machte sich Notizen und schrieb Stichworte auf.

Herbie legte eine CD auf mit Glamrock Musik.

Er bekam dafür anerkennendes Nicken und das „Daumen hoch" Zeichen als Bestätigung für seinen guten Musikgeschmack.

Eine Viertelstunde später meinte Socke dann in die Runde: „Gut, lasst uns mal hören, was ihr euch hypothetisch alles kaufen würdet, wenn ihr die Wahl habt, nach 1973 zu reisen."

Ralle meinte dann: „Ich fange gerne an, aber ich hab vorab noch zwei Fragen: Erstens würden wir ja mit unseren Klamotten auffallen, oder? Und als zweite Frage möchte ich wissen, ob man eine Digicam mitnehmen dürfte, um dort Fotos zu machen."

„Alter, wir reisen nur fiktiv dahin, nicht in echt," meinte Herbie.

„Ja, aber wenn es ein realistisches Spiel sein soll, sollten diese Fragen auch geklärt sein."

„Nun," meinte Socke. „Ich habe einen riesigen Fundus, was 70er Klamotten betrifft. Sogar 2 Paar Plateauschuhe in Größe 43."

„Ein paar nehme ich," rief Fabi dazwischen. „Geil!"

Socke schaute ihn vorwurfsvoll an.

„Lass mich doch bitte ausreden, Fabi. Gegen Digicams ist nichts zu sagen, aber es sollten unauffällige Fotos gemacht werden. Handys wäre nicht erlaubt. Gut, Ralle, reicht das als Antwort?"

Ralle nickte.

„Dann fang mal an, Keule," meinte Socke und lächelte.

„Ich bin ja nicht nur Gladbach Fan, sondern auch Karmann Ghia, VW Käfer und VW Bus, am besten T1 oder T2," wisst ihr ja."

„Genau, deshalb fährst du ja jetzt auch einen Crafter als Womo ausgebaut, ja nee is klar," meinte Herbie und grinste.

„Ist auch ein VW Bus nur XXL," antwortete Ralle sofort und lächelte.

„Hört auf zu streiten," ermahnte sie Socke.

„Ralle fahr fort".

„Ich fahr aber weder Ford, noch fort," nahm Ralle das Wortspiel auf. Bevor Socke meckern konnte, begann er von seiner Liste vorzutragen: „Ich würde jede Menge Siku und Matchbox Autos kaufen und sie dann hier zu Höchstpreisen vertickern. Sind ja nagelneu. Ich würde sie einige Tage in meine edelste Vitrine stellen und dann schreiben, dass sie nur in der

Vitrine standen in Originalverpackung. Dabei hätte ich weder gelogen, noch übertrieben."

„Geile Idee!" rief Fabi. „Ich wollte Bravos, POP und andere Zeitungen kaufen, am besten mit Riesenposter drin oder jede Woche die Bravos, wo Starschnitte drin sind und wenn ein Starschnitt komplett ist, die Hefte als neuwertig für teures Geld anbieten. Ist auch kein Betrug, nur gewußt, wie man Geld verdient."

Herbie räusperte sich. „Darf ich jetzt?"

Die Freunde nickten.

„Meine Idee war, Klamotten aus der Zeit für kleines Geld zu kaufen und falls wir das Glück hätten, dass Samstags auch Flohmärkte wären, könnte man da billig einkaufen."

Socke lächelte. „Die Idee mit den Flohmärkten und Secondhand Läden hatte ich auch. Ich weiß, dass mein Lieblings Secondhand Laden im Tal damals schon existierte und ich hätte mich mit Vinylscheiben eingedeckt. Singles und LPs. Teilweise für mich, teilweise zum verticкern."

Hotte war jetzt an der Reihe: „Ich bin auch auf Flohmärkte und Gebrauchtes scharf, aber mehr in die Richtung Comics, Science Fiktion oder auch coole Möbel."

Alle schauten Jürgen an. „Was los?" meinte er.

„Du bist dran," meinte Ralle.

„Ihr wisst ja, dass ich KFZ Meister bin und immer an Autos geschraubt habe. Da man alles, was man tragen kann, mitnehmen kann, würde ich die Schrottplätze abklappern und mir so´n Oldtimer, zumindest wäre er es heute, besorgen und ihn in Teile zerteilt mitnehmen. Ich würde ne Möglichkeit finden, mir die Teile bis nahe an das Wäldchen bringen zu lassen und dann alles in der Hand tragend, mitnehmen."

„Und die Achse und das Chassi?" fragte Fabi.

„Da müßten wir dann zu mehreren es tragen."

„Was für ne geile Idee!" rief Herbie.

„Stellt euch mal vor, so´n T1 Bulli. Der bringt richtig viel Asche, wenn der wieder läuft!"

„Mein Traum wäre ein Mercedes Flügeltürer, der ist Millionen wert!"

„Den findet man aber nicht aufm Schrott, nen Bulli schon."

„Ihr seht, meine Freunde," meinte Socke, „so ein Spiel macht richtig Spaß und wenn wir es regelmäßig spielen würden – zumindest in unserer Fantasie, würden wir noch auf viele Ideen kommen, was man alles von 1973 hierherbringen könnte. Entweder um ne große Mark zu machen oder aber als Freude."

„Ich hab da eine sehr gute Idee," fuhr es Ralle heraus.

„Ein Onkel von mir hatte ein Zweifamilienhaus mit großer Garage, dass meine Cousine geerbt hat. Wenn man so eine Möglichkeit in Betracht zieht oder anderweitig eine Garage für kleines Geld langfristig mieten, pachten oder kaufen kann, könnte man dann jeweils in 1973 ein Auto für kleines Geld erwerben und es dann dort hineinstellen und hier, wenn wir wieder da wären, herausholen."

„Rattenscharfe Idee!" Fabi war aus dem Häuschen.

„Und wie willst du mit 100 Märker ein Auto auf dem Schrott kaufen?" hakte Herbie nach.

„Ganz einfach! Einen Vertrag mit dem Schrottler machen und wenn wir zusammenlegen, können wir gleich einige Hunderter anzahlen."

„Schade, dass das nicht geht," seufzte Fabi. „Das wär was für mich. Ich bin Hobby Schrauber und kenne meine fünf Käfer, die ich alle im edelsten Zustand besitze, wie ihr ja wisst, aus dem Eff-Eff."

„Brauchen wir also jemand mit einer Zeitmaschine oder so einem Beam-Dings von der Enterprise," scherzte Hotte.

„Wer weiß… vielleicht eines Tages…" sinnierte Socke.

„Ich freue mich, dass euch mein fiktives 70er Jahre Spiel gefällt."

Auf der Musikanlage lief gerade „Can the Can" von Suzi Quatro.

„Das wäre auch was, Freunde," sagte Fabi. „Unsere Stars „live" zu sehen. Schade, dass man um 19 Uhr wieder zurück müsste."

Die Freunde nickten.

„Gäbe es die Möglichkeit, auch später am Tag zurückzureisen?" warf Hotte ein.

„Sweet und Slade mal „live" zu sehen, hätte echt was…"

„Theoretisch ja," meinte Socke. „Warum eigentlich nicht?"

„Einfacher wäre es, man hätte so´n mobiles Teil wie Kirk und Spock, dass man von jedem Ort aus zurückkönnte…"

Hotte hatte ganz glänzende Augen, als er das gesagt hatte.

„Jungs, wir wollen hier keinen Science Fiction Roman schreiben oder entwerfen. Es sollte lediglich ein Spiel sein, um euch etwas aufmuntern."

„Ballroom Blitz" von The Sweet lief jetzt im Zimmer und Ralle und Fabi begannen Luftgitarre zu spielen.

„Ralle ist der Einzige von uns, der noch seine lange Matte hat," meinte Hotte.

„Kein Wunder, er ist ja auch ein Freigeist und freischaffend."

„Was habt ihr an den 70ern eigentlich gehasst oder total scheiße gefunden?" fragte Socke jetzt in die Runde.

„Die Scheiß Quarzerei und das der Müll überall rumlag," warf Ralle ein, der kurz vorher seine Luftgitarren Interpretation beendet hatte.

„Ja, die Scheiß Raucherei ist echt ätzend! Bin froh, dass von uns keiner mehr quarzt!"

Jürgen meinte dann: „Hab vor einigen Monaten aufgehört. Fühle mich viel besser seitdem."

„Man müßte ne Halle mieten," sagte Fabi plötzlich. Alle heutigen Oldtimer, die damals weggeworfen wurden, da reintun und so für teures Geld heute vertickern. Ich hab ja ne Halle und nebenan, die ist recht groß. Vielleicht könnte man die für kleines Geld mieten. Meine hab ich auch schon seit etwa 1982."

„Seht ihr, das Spiel bringt einen auf ungeahnte Ideen," meinte Socke und lächelte.

„Nur ist es leider nicht ausführbar," warf Ralle ein.

„Wirklich nicht?" meinte Hotte.

„Wir könnten in der Tat für kleines Geld ne größere Halle mieten und dort nur Dinge von früher anbieten, z.B. über das Internet. Ralle ist Künstler und könnte entsprechende Wandgestaltungen machen und die natürlich auch vertickern bei Bedarf. Fabi hat Connections ohne Ende in die Oldtimerszene, Hotte ist ein Weltmeister im Verhandeln, Jürgen kann Autos reparieren zusammen mit uns allen, wer Zeit hat, dann kann man inserieren, dass man Schallplattensammlungen wie Ralle seinerzeit für kleines Geld aufkauft oder geschenkt annimmt, Möbel und Accessoires von früher kriegt man oft bei Wohnungsauflösungen etc."

„Sag mal Socke, ist das dein Ernst?"

Der angesprochene nickte!

„Jepp! Ich hätte sogar ne große Halle für kleines Geld zu mieten. Für 200 Tacken im Monat. Das ist fast geschenkt. Ich hab zwei Eco Flows, die großen Geräte wohlgemerkt und einige Solarpaneele, da hat man Strom und da ich Frührentner bin, auch viel Zeit!"

„Die Idee ist gut, aber ich wohne nicht hier," meinte Jürgen.

„Ja, aber du kannst ja regelmäßig zu Besuch kommen."

„Lassen wir die Idee einfach mal sacken und vier Wochen schauen, was wir alles bekommen würden über Kleinanzeigen oder auch Wohnungsauflösungen. Lagern können wir das in der einen Halle, die ich benutzen darf, die neben der zu vermietenden Halle liegt," warf Socke ein.

Hörspiel & Co

„Ihr Lieben, ich möchte auf eines meiner Lieblingsthemen der 70er eingehen," meinte Ralle und grinste wie ein Honigkuchenpferd, als er eine Hörspiel MC hochhielt.

„War klar," sagte Fabi darauf. „Ralle und seine Hörspiele…"

„Was hast du denn dagegen?" meinte Ralle darauf und schaute Fabi verwundert an.

„Nix! Ich hab in den 80ern ja auch „John Sinclair" Hörspiele gehört und meine geliebten „Tim und Struppi" dann endlich auch als Hörspiele."

„Siehste," grinste Ralle.

„Also ich bin ja ein treuer Europa Hörspiel Fan. Als die ersten Karl May Hörspiele herauskamen, wünschte ich sie mir zum Geburtstag, Weihnachten und Ostern – und: bekam sie auch! Meine arme Mom! Sie mußte extrem oft das Indianergeheul auf den Platten ertragen, da ich schon damals keinen Bock hatte, etwas leise zu hören…und Kopfhörer gab es noch nicht."

„In der Tat!" sagte Herbie und nickte. Auch ich bin mit Europa LPs groß geworden. Dazu natürlich neben den Karl May Platten die legendären Lederstrumpf Hörspiele mit Hellmut Lange beispielsweise."

„Ja, aber nichts geht über unseren allseits geliebten Sprecher Hans Paetsch! Er war der Kultigste von allen, finde ich!" Socke hatte das dazwischengeworfen.

„Stimmt Hans Paetsch war kultig! Da konnte man sogar Märchenplatten hören, wenn er erzählte," meinte Ralle dann. „Aber: Es geht nichts, aber auch gar nichts, über meinen Lieblingssprecher Konrad Halver! Wenn er Winnetou sprach, bekam ich eine Gänsehaut! Leider lebt er nicht mehr!"

Ralle wischte sich eine Träne aus dem Gesicht!

„Ja, Konrad war was Besonderes! Er hat auch andere Karl May Bücher als Hörspiele gemacht."

„Oh! Socke!" rief Ralle, du bist ja ein Fan und kennst dich aus! Wir sollten uns über das Thema mal intensiver austauschen. Ich dachte, ich wäre der einzige „Extrem Karl May Fan" hier…"

„Ja, ich kenne mich auch bei den HSPs, wie du die Hörspiele nennst, aus, Alter…"

Socke grinste danach rotzfrech in die Runde.

„Wußtet ihr, dass Andreas von der Meden, der ja durch die drei Fragezeichen bekannt wurde, den Pida, den Häuptlingssohn von diesem Unsympath Tangua, gelinde ausgedrückt, gesprochen hat?" warf Socke dann neunmalklug in die Runde.

„Selbstredend," konterte Ralle. „Ich hab von Anfang an immer auch „die drei Fragezeichen" gehört und Andreas als Skinny Norris und als Chauffeur Morton sind Kult!"

„War klar, dass du auch „die drei Fragezeichen" hörst," sagte dann Herbie.

„Mein inneres Kind braucht das," antwortete Ralle dann und schmunzelte.

„Also jetzt Butter bei die Fische, wie man so schön sagt. Wir haben doch alle früher Hörspiele oder Hörbücher gehört, woll?" meinte Herbie in die Runde.

„Ich nicht," meinte Jürgen. „Hatte keine Zeit dafür. Hab in der Freizeit den Mädels hinterhergeschaut und mehr oder an Autos rumgeschraubt, Aldä."

„Ja, dein Vatta hatte ja auch'n Autohandel und du als Kfz-Meister hast dich gerne unter Autos gelegt und rumgeschraubt, woll?"

„Ja, so ist es! Nebenbei lief Musik im Radio," meinte Jürgen.

„Apropos „die drei Fragezeichen", Jungs" sagte Herbie.

„Oliver Rohrbeck hat doch auch schon bei den „Fünf Freunden" die Hauptrolle gesprochen."

„Ja, das ist richtig," meinte Ralle. „Ich mag Oli´s Stimme sehr und was wäre z.B. Ben Stiller in der deutschen Synchronisation ohne die geniale Stimme von Oli…"

„Aber auch Andreas und Jens sind absolute Spitze!" Herbie nickte.

„Jepp! „Die drei Fragezeichen" wären ohne diese markanten, noch jugendlich klingenden Stimmen nicht das, was sie sind," sagte Ralle.

„Nun, deine Stimme ist auch noch sehr jugendlich, finde ich, für deine sechzig Lenze…" hatte Fabi gesagt und grinste.

„Ja, ich mache ja Podcasts und Hörspiele und meine Zuhörer finden auch, dass meine Stimme sehr jugendlich klingt…"

Ralle lächelte jetzt, nachdem er das gesagt hatte.

„Wie wäre es, eine kleine Verneigung vor den 70ern zu machen, indem wir all das mal aufzählen, an das wir uns erinnern können?"

Socke hatte das ganz spontan in den Raum geworfen.

„Du meinst eine Art Aufzählung?" fragte Herbie.

„Ja, so in der Art. Aber bitte ohne Unterbrechung. Jeder sollte aussprechen können."

„Geile Idee!" rief Fabi.

„Und wer sollte anfangen?" fragte Ralle.

„Ich denke, unser Geburtstagskind, der Herbie," meinte Socke und nickte in Herbie´s Richtung.

„Oh! Da habt ihr mich aber auf dem falschen Fuß erwischt! Darf ich später meinen Senf dazugeben?"

„Aber nur den mittelscharfen…" witzelte Ralle und grinste danach unverhohlen.

Die Freunde mußten über den alten Witz trotzdem herzlich lachen!

„Gut! Ich fang an," meinte Fabi.

Jugenderinnerungen an die 70er

„Es gibt sooooo viel, was ich jetzt sagen könnte, aber was mich am meisten geprägt hat, war die geile Mukke der 70er, vor allem Sweet, Roy Wood mit seiner Band Wizzard, Slade, Mud, T.Rex, Suzi Quatro, die Rollers, ja die mochte ich mal, Alice Cooper, dann meine Zeit als DJ bei uns im Dorf, wo ich immer die geilsten Scheiben auflegen konnte und da ich die Haare wie Brian Connolly trug, hatte ich auch gute Chancen bei den Mädels. Bald hatte ich meine erste Freundin und „ein Bett im Kornfeld" hatte ich schon vor dem Lied von Jürgen Drews mit meiner Freundin ausprobiert." Dabei zwinkerte er spitzbübig und fuhr dann fort: „Ralle kennt das meiste davon ja und von mir hat er auch die Single „See my Baby jive" von Wizzard bekommen. Damals fuhren wir auch voll auf Manfred Mann´s Earthband ab. Die mögen Ralle und ich natürlich immer noch und wir haben Manfred und seine Truppe natürlich auch schon live gesehen. Vor allem „Father of day, father of night" hat es uns bis heute angetan, woll Ralle?"

Ralle nickte.

„ja, da war die Schulzeit… Die war echt überflüssig! Rechnen, Schreiben, lesen, logisch denken und Bauernschläue…mehr braucht man nicht. Wir haben viel unternommen, wenn wir im Sommer durch die Gegend zogen. Ob Buden gebaut, zwei Baumhäuser, wobei das erste Baumhaus recht schnell zerstört worden war. Das zweite war so hoch, das Erwachsene nicht dahin konnten und der Hausmeister bei dem Block, wo unsere

Oma wohnte, schimpfend und mit dem Stock drohend unten stand, uns aber nie erwischte. Ja, das waren coole Zeiten!"

Da Fabi stoppte, meinte Ralle dann: „Soll ich die Geschichten und Erinnerungen ergänzen?"

Fabi nickte.

„Mein Oppa gab uns regelmäßig 1 Mark. Das war echt viel Kohle Anfang der 70er, wie ihr ja auch wisst! Fabi und ich und Cousin Frank gingen dann zur Pommesbude vom Klaus, da es da Pommes in der Tüte für 30 Pfennig gab. Ja, cooler Preis! Jeder von uns nahm drei Tüten Pommes und einmal Ketchup oder Mayo auf eine Tüte, dann war das Geld alle. Fabi und Frank nahmen meistens noch Schaschliksoße auf die anderen beiden Pommestüten und ich Senf! Ja, echt! Ich esse auch heute noch gerne Pommes mit Senf. Aber nur der mittelscharfe! Dieses Ritual, denn so konnte man es fast schon nennen, haben wir immer dann durchgezogen, wenn wir Geld von meinen Oppa bekommen haben."

Ralle hatte geendet und Herbie grätschte gleich hinein.

„Bisse fettich?" meinte er dann in seinem Ruhrpott Slang, den er bisher unterdrückt hatte.

„Hömma! Dat is echt total super," warf dann Socke ein, denn er konnte Dialekte imitieren.

„Ja, 30 Pfennige für ne Tüte Pommes, die auch noch echt lecker schmeckten. Dat waren noch Zeiten, hömma," antwortete Ralle jetzt auch im Ruhrpott Dialekt.

„Kommen wir zum Minigolf!" Ralle hatte es etwas lauter gesagt.

„Fabi, sein Bruder Micha, mein Onkel und ich gingen sooft es ging zum Minigolf spielen. Es wurde abwechselnd gewonnen, da wir etwa alle gleich gut waren zu der Zeit. Später wurde ich dann etwas besser, aber das ist ein anderes Thema. Es gab zwei Plätze, zu denen wir hinlaufen konnten. Ja, früher haben wir fast alles zu Fuß abgelatscht. Das war ganz normal. Der Platz im Dorf war super und der andere Platz war kein Minigolf im herkömmlichen Sinne, sondern Sterngolf. Da konnte man leichter Einsen machen. Späßkes hatten wir immer dabei."

Fabi räusperte sich.

„Und der Sterngolf war wesentlich günstiger. Wir haben oft die Bahnen mehrfach gespielt und der Betreiber hat nichts gesagt. Das Eis hinterher war auch immer lecker!"

„Wo du gerade Eis sagst, Fabi," warf Socke ein.

„Was war denn eure Lieblings Eissorte damals?"

Alle Freunde schmunzelten.

„Natürlich „Brauner Bär" und „Nogger" waren meine Favoriten," sagte Ralle stolz. „Wenn ich es aussuchen konnte und die Erwachsenen spendabel waren, gab es auch schon mal ein teureres Eis wie beispielsweise das „Cornetto Nuss" oder „Cornetto Erdbeer". Im Kino natürlich nur das legendäre kultige „Eiskonfekt", wie ihr ja wisst."

„Ich bin der „Capri" Fan," meinte Jürgen. „Sowohl das Eis, als auch das Auto."

Alle mußten lachen!

„Wenn die Eltern dabei waren, gab es nur „Berry" oder „Mini Milk". Die kosteten nur 30 Pfennig," warf Socke in die Runde.

„Ja, „Berry" war ja auch lecker, aber kein Vergleich zu „Nogger"..." sagte Fabi.

„Und der „Flutschfinger"? Mochtet ihr das Eis auch?" fragte Herbie.

„Ich hab alle Eissorten mal durchprobiert," meinte Fabi.

„Das „Dolomiti" und auch der „Happen" waren klasse!"

Herbie grinste.

„Wir scheinen damals echt Eis-Experten gewesen zu sein..."

Die Freunde nickten.

„Esst ihr heute noch Eis am Stiel?" meinte Socke.

„Klar, „Nogger"!" meinte Fabi.

„Es gab mal bei dem großen Discounter mit L, ihr wisst schon, ein legendäres Lakritze-Eis! Der Oberburner! Das hab ich mir immer geholt. Leider wurde es recht schnell aus dem Sortiment genommen..."

„Wahrscheinlich warst du der Einzige, der es gekauft hat," witzelte Fabi und grinste in die Runde.

„So. Thema Eis ist durch. Was ist sonst noch an wichtigen Themen aus den 70ern bei euch hängengeblieben?" nahm Ralle das Gespräch wieder auf.

„Die Telefonzelle vor unserer Haustür hatte mal so 1974 rum ne Macke. Wenn man ne Mark reingeworfen hatte, fiel sie oft nicht durch und ich konnte ewig lange telefonieren," sprach Fabi und grinste.

„Ja, in der Tat! Wir hatten erst kurz vor der WM 74 Telefon bekommen und Fabi und ich quaterten dann oft sehr lange," sagte Ralle und grinste erneut.

„Das wildpinkeln war manchmal sehr heikel," meinte Fabi dann. Mein Bruder Micha hat mal an die Zäune der Kuhweide gepullert und voll eine gebraten gekriegt und wir mußten uns das Lachen verkneifen wegen der Situationscomic."

„Der Ärmste!" sagte Herbie.

„Haste noch nie eine so richtig gebraten bekommen?" fragte ihn Fabi.

„Doch, als schallernde Ohrfeige von meinem Vatta."

„Das mein ich nicht. Das hat wohl jeder von uns bekommen, oder?" fragte er in die Runde.

„Ich nicht," meinte Jürgen. Mein Vater war friedlich.

„Du Glücklicher! Wie oft ich Senge bekommen hab, wegen jedem Scheiß…" sagte Fabi.

„Ja, das mit der Senge war echt Mist! Ich hab meinen Sohn nie geschlagen, nur alles mit Worten erklärt und hin und wieder auch mal geschimpft." Ralle hatte es klar und deutlich erklärt.

„Ist auch viel besser! Schlage bringen nichts," meinte Socke.

Hotte, der die ganze Zeit still gelauscht hatte, meinte dann: „Dass es keine Mülltrennung gab, fand ich damals schon blöd. Aber mit dem Fahrrad an den autofreien Sonntagen 1973 auf der Autobahn zu fahren, fand ich echt cool!"

Alle grinsten.

„Wobei wir wieder bei unserem Lieblingsjahr 1973 angekommen sind. Glamrock, ultracoole Schlaghosen, Plateauschuhe, Hemden mit riesigem Kragen, supergeilen Outfits, die selbst vor der Hitparade im ZDF nicht Halt gemacht haben. Ilja Richters Disco und diverse andere Sendungen.“

Was Hotte vorher zu wenig gesagt hatte, holte er jetzt auf.

„Aber in der Stadt liefen viele noch zu farblos rum, finde ich.“ Ralle schaute die Freunde an.

„Oft haben es auch die Eltern verboten, zu poppig rumzulaufen oder die Klamotten waren zu teuer.“

Herbie hatte es auf den Punkt gebracht.

Wollen wir jetzt bald mal mit den Bravo DVDs weitermachen, Leute?“ fragte Hotte.

„Gerne!“

Herbie ging zum Computer und legte die DVD von 1974 ein.

1974

Er öffnete die Seite, wo alle Cover von 1974 abgebildet waren.

„Sucht euch aus, was wir zuerst öffnen sollten.“

„Fang vorne an,“ meinte Ralle.

Herbie nickte und tat es.

Heft 1 von 1974 wurde geöffnet. Vorne auf dem Cover waren Slade und Fabi meinte sofort: „Geil! Schaut euch die Hacker an! Edelste Plateaustiefel trug Dave Hill damals!"

„Aber die Hacker von Noddy Holder waren auch nicht ohne. So sahen meine auch in etwa aus, nur waren sie in schwarz," meinte Ralle und grinste danach.

Herbie scrollte bis zu den „Hits der Woche" durch und Fabi meinte dann euphorisch: Wie geil ist das denn? Roy Woods Wizzard mit dem Text zu „Angelsfingers" in englisch und deutsch…"

„Wenn ich mir die Charts anschaue, viele schöne Lieder drin," sagte Socke.

Herbie öffnete Heft 2 von 1974. Er scrollte bis zur Mitte und war ein schönes Poster von Middle of the road.

„Sally Carr war schon echt süß, woll?" meinte Ralle.

„Stimmt!" antwortete Socke und nickte.

„Ah! Da sind die Hits des Jahres 1973 drin. David Cassidy auf Platz 1 und 3. Sweet nur Platz 4 mit „Hellraiser". Suzi Quatro auf Platz 9 und 10 mit „Can the can" und „48 Crash" und Sweet auf Platz 15 mit „Ballroom Blitz" und Platz 17 mit „Blockbuster". Das kann sich doch sehen lassen, woll?" Fabi war wieder voll in seinem Element!

In Heft 3 von 1974 war ein Dreiseitenbericht von Sweet drin: „Sweet Tournee: 9 Tage – 9 Shows – 9 Triumpfe". Ralle und Fabi waren aus dem Häuschen vor Freude!

„Diese Show hätte ich auch gerne gesehen," meinte Fabi. „Damals waren wir noch zu jung und durften nicht ins Konzert..."

„Ja, leider!" Socke seufzte.

„Wenn es damals schon Video gegeben hätte, gäbe es bestimmt Mitschnitte davon..." Hotte hatte das in den Raum geworfen.

„Du sagst es, Keule. Video kam erst ein paar Jahre später... Ich weiß noch, wie Frank, mein Cousin, ein Video 2000 Rekorder hatte und wir immer alle zum Video schauen zu ihm kamen."

Die Freunde schmunzelten und erinnerten sich an die Anfänge des Videos.

Herbie scrollte weiter im Heft.

„Warte mal. Da ist ein Bericht von Silverhead! Kennt ihr die noch? Die waren auch klasse! Zum Beispiel „Sixteen and savaged". Schau mal bei yt, ob du es findest, Herbie."

Herbie nickte und kurze Zeit später lief der Song im Internet.

„Ja, kenne ich noch," meinte Hotte und nickte.

Die anderen Freunde nickten ebenfalls als Bestätigung.

„In Deutschland waren sie nicht so bekannt, aber wer regelmäßig englische Radiosendungen gehört hat, wie ich, kannte auch die englischen Charts und mehr," meinte Ralle.

„Ich hab übrigens meine guten Englischkenntnisse in der Schulzeit mit BFBS aufgebessert. Der Sender lief bei mir jeden

Tag, wenn ich Hausaufgaben machte und auch darüber hinaus."

„Von denen gab es doch auch „Rolling with my baby," sagte Hotte, „ich erinner mich daran."

„Komm, Herbie, lass uns jetzt zu 1975 übergehen," meinte Socke.

1975

„Ein supergeiles Jahr," meinte Ralle, „denn ab da kaufte meine Mutter jede Woche die Bravo und nur wenn es, wie ihr ja wisst, Theater um ein Poster ging, auch schon mal zwei Zeitschriften."

„ja, und ich bekam 10 Mark Taschengeld und konnte mir „Fox on the run" von Sweet kaufen. Die 6 Mark für die Single war zwar viel Geld, aber ich wollte sie unbedingt haben." Fabi sagte das mit einem Nicken.

Ralle meinte: „Ich hab sie auch vom Taschengeld gekauft. Auf dem Flohmarkt war sie noch nicht zu bekommen. Sie lief zigmal am Tag, aber nur dann, wenn mein Vatta nicht da war…"

„Lasst uns die DVD endlich durchschauen. Ich freue mich!" Fabi rieb sich die Hände vor Freude!

Herbie öffnete die docs Datei und dann Heft 1 von 1975. Er blätterte durch und auf Seite 23 meinte Ralle dann: „Stop!

Herbie nickte und tat, um was er gebeten worden war.

„Oh, schaut mal, ein Poster von Susan Dey! Ich war damals ganz hin und weg von ihr!" Socke kriegte sich fast nicht mehr ein.

„Ich hab jede Folge, die lief, von der „Partridge Family" gesehen… mit Susan Dey und David Cassidy."

„Haben doch die meisten von uns," meinte Ralle.

„Willst du das Poster haben, Socke?"

„Gerne!"

Herbie nickte und notierte es sich auf dem Zettel mit den Wünschen.

„Schaut mal: „Die Hits der Woche". Cool, Sweet auf Platz 3 mit „Turn it down" und Slade auf Platz 7 mit „Far far away"." Fabi freute sich!

„Die LP-Charts sind viel besser! Sweet sind auf Platz 1 mit „Sweet Fanny Adams". Die LP „Music Power" von K-Tel, die ich auch zuhause habe, auf Platz 3, Suzi Quatro auf Platz 7 und „Desolation Boulevard" von Sweet auf Platz 8. Super!" Ralle freute sich auch!

„Schaut mal in die englischen Carts. Auch nicht ohne…. „Oh! yes you´re beautiful" von Gary Glitter auf 1, „Gonna make you a star" von David Essex auf 3, „You ain´t seen nothing yet" von BTO auf 4, „Juke Box Jive" von den Rubettes auf 5, „Killer Queen" von Queen auf 6 und „Tell him" von Hello auf Platz 8. Feine Sache!" Herbie grinste, nachdem er das gesagt hatte.

„Ei gugge mol, die Eintracht," sagte Jürgen plötzlich.

„Dann sind nach und nach alle damaligen Fußballvereine der Bundesliga mit Poster drin. Komm wir schauen mal, welche damals alle drin waren, Herbie."

Socke hatte das mit einer gewissen Dringlichkeit im Unterton gesagt.

„Von mir aus," meinte Herbie. „Kein Problem."

„Also in Heft 1 von 1975 waren der „1.FC Köln" und „Eintracht Frankfurt" drin. Bin gespannt wie es weitergeht."

Herbie öffnete Heft 2 von 1975, aber da waren keine Fußballvereine mehr drin.

„Siehste, hast in 1974 nicht genau genug geschaut," meinte Ralle.

„Aber das süße Poster von Olivia Newton-John ist doch voll der Hingucker, woll?" Herbie grinste, als er das gesagt hatte.

„Also zurück in die letzten Hefte von 1974, bitte."

Herbie nickte und tat, um was er gebeten wurde.

„Da! Da ist „Rot Weiß Essen" und „Fortuna Düsseldorf"… Geh bitte weiter zurück, Herbie!"

Ralle war ganz begeistert!

„Schaut! „Der „1.FC Kaiserslautern" und unser WSV, unser „Wuppertaler SV". Da waren wir doch früher immer mal wieder bei den Spielen," freute sich Ralle.

„Ich dachte, du bist Gladbach Fan?" fragte Socke.

„Logo! Gladbach ist Nr.1, aber der WSV auf Platz 2."

Herbie hatte Heft 50 von 1974 geöffnet und soweit runtergescrollt, bis die beiden Vereine kamen: „VFL Bochum" und „Kickers Offenbach" kamen.

„Mannomann, dass waren noch Zeiten," sagte Hotte.

Heft 49 wurde geöffnet.

„Wie geil ist das denn?" Jürgen freute sich. „Ein Zwei Seiten Bericht über Udo Lindenberg und sein Panikorchester! Super!"

Bei den Fußballvereinen waren „Werder Bremen" und „Eintracht Braunschweig" zu sehen.

Heft 48 hatte Rex Gildo auf dem Cover.

„Das würde unserer Tochter gefallen," meinte Ralle. „Sie mag „Sexy Rexy" wie sie ihn nennt, gerne".

„Und wieder ein Zwei Seiten Bericht von Udo Lindenberg, Jürgen," meinte Herbie.

„Klasse, den möchte ich mal lesen."

„Ich notier es mir," meinte Herbie und scrollte dann weiter runter.

Als Vereine kamen der „VFB Stuttgart" und „Tennis Borussia Berlin".

„Mann oh Mann, das mit TB ist aber echt lange her. Ich erinnere mich gut an die," meinte Ralle.

Heft 47 hatte Marianne Rosenberg auf dem Cover und einen zweiseitigen Bericht innen drin.

„Möchte ich haben," sagte Fabi und grinste.

„Ist gebongt!" Herbie nickte.

Als Vereine waren der „MSV Duisburg" und der „FC Bayern München" zu sehen.

Heft 46 beinhaltete den „Hamburger SV" und „Schalke 04" als Poster.

Fabi, der HSV Fan ist, freute sich darüber!

„Hammer! Der zweiseitige Sweet-Bericht ist ja wohl alleredelste Sahne!" Fabi war ganz verzückt!

„Ja und meine Borussia! Juhu!" jubelte Ralle.

„Darf ich kurz schauen, wer damals alles dabei war? Vergrößerst du bitte mal, Herbie?"

Der Angesprochene nickte und tat es.

Ralle geriet ins Schwärmen!

„Auch mein Lieblingsspieler ist gut zu sehen, Allan Simonsson. Ach herrlich: Wimmer, Bonhof, Heynckes, Kleff, Vogts, Del Haye, Danner, Köppel, Jensen, Klinkhammer, Surau und natürlich Trainer Hennes Weisweiler. Die fallen mir alle spontan ein, wenn ich das Bild sehe..."

„Können wir weitermachen, Ralle?" fragte Herbie, nachdem Ralle zwei Minuten voller Freude das Bild bestaunt hatte.

Der Angesprochene nickte.

„So, das wars mit den Fußballvereinen in 1974. Gehen wir zurück zu 1975. Ich mach mal die Cover Übersicht auf."

Herbie hatte es erklärt und schon die entsprechenden Tastaturen gedrückt.

„Mach mal Heft 44 auf, Herbie. An das mit dem weißen Hai Riesenposter kann ich mich noch gut erinnern," meinte Fabi.

„Da hast du ja einen Volltreffer gelandet. Das Bravo-Team sagt hier, das es die 1000. Ausgabe war. Wow!" Herbie war beeindruckt!

„Schaut mal auf die „20 Renner vom Ausland": Sweet auf Rang 3 mit „Action", und Marianne auf Rang 10 in den deutschen Charts, und Platz 10 in Amerika sind Sweet mit „Ballroom Blitz" meinte Fabi voller Freude!

„Wir könnten jetzt noch stundenlang über 1975 philosophieren, aber wir sollten weitermachen," sagte Herbie.

Die Freunde nickten.

Die 70er sind aktueller denn je

„Leute, kennt ihr die Zeitschrift „Good times" bzw. „Good times Kult?" fragte Fabi plötzlich und begann ein anderes Thema.

„Ralle hatte mir davon berichtet und einige Exemplare gezeigt. Vom Allerfeinsten, sag ich euch!"

„Ich hab welche auf meinem Läppie dabei," meinte Ralle, stand auf und holte seine Laptoptasche mitsamt seinem Laptop.

Er öffnete den Laptop und schon nach kurzer Zeit sahen die Freunde ein Exemplar der Zeitschrift „Good times". Es war Heft 2 von 2020. Auf dem Cover waren Gene Simmons und Paul Stanley von Kiss zu sehen.

Ralle blätterte das Magazin durch. Auf Seite 21 war ein Bericht über Udo Lindenberg und Jürgen war voller Freude darüber! In der Mitte war ein zweiseitiges Poster, wie man sie in den 70er Jahren aus diversen Musikzeitschriften kannte. Auf der einen Seite war Kiss und auf der anderen Seite Sweet.

„Wie damals in der Bravo, weißt du noch, Ralle," sagte Fabi.

„Klaro, weiß ich das noch. Ich hatte mal die Kiss Seite und mal die Sweet Seite aufgehängt, anstatt gleich zwei Bravos zu kaufen, dann hätte ich nicht die Qual der Wahl gehabt…"

„Die Zeitschrift ist aber echt vom Feinsten! Was da alles drin steht. Ich werde mir einige Exemplare bestellen. Adresse steht ja drin," meinte Herbie.

„Ich auch," sagte Socke nickend.

„Das geilste ist aber, dass es Spezialausgaben gibt, wo alles von den Bands aufgelistet ist. Alle LP´s, alle Singles usw. Vom Allerfeinsten!" Ralle sagte das mit Überzeugung.

„Ich hab ein Magazin hier. Das zeig ich euch mal."

„Hier! Edition Discographien. Vol.2," meinte Ralle. „Da ist die Discographie von Sweet mit drin."

Er hatte Seite 42 und 43 aufgeschlagen und die Freunde bekamen glänzende Augen!

„Alter Schwede! Wie geil!" rief Socke, als er die ganzen kleinen Bilder der Cover sah.

„Ich hab alle Sweet Singles," meinte Fabi.

„Echt?" fragte Socke.

„Auch „Slow Motion", „Lollipop Man" und „All you´ll ever get from me"?" hakte Socke nach.

„Ja, waren aber echt schwer aufzutreiben. Mußte lange recherchieren und suchen," sagte er.

„Get on the line" hatte ich auch", meinte Ralle.

„Aber die Cover sind echt voll der Burner", war Socke weiterhin begeistert. „Viele hab ich noch nie gesehen!"

„Alter Schwede, die Ausgabe hole ich mir auch, wenn es sie noch gibt," sagte Herbie jetzt.

„Und die LP Cover… Vom Feinsten!" Herbie war ganz entzückt!

„Was ist eigentlich eure Lieblings LP von Sweet?" fragte Ralle jetzt in die Runde.

„Sweet fanny Adams," sagte Fabi und nickte.

„Ich finde „Levelheaded" am besten," meinte Ralle. „Fountain" und „Lettres d´amour" sind unschlagbar gut."

„Geschmackssache," meinte Herbie. „Für mich ist „Off the record" die beste Scheibe!"

„Ihr seht also, alle Platten von Sweet sind gut," meinte Socke.

„So ist es!" meinten die Freunde dann.

„Wie findet ihr die Platten zu dritt, nachdem Brian nicht mehr dabei war?" hakte Fabi nach.

„Ich hab alle LP´s und finde diese Platten auch gut," meinte Ralle dann.

„Und Andys Platten in neuester Zeit?" fragte Fabi dann.

„Auch gut," antwortete Socke.

„Gut, blättern wir mal das Magazin weiter durch," entschied Hotte, der wieder sehr ruhig gewesen war.

Die Freunde nickten.

„Echte Fleißarbeit, was die da leisten. Spitze!" meinte Socke, als das Magazin durchgeblättert war.

Herbie stand auf und ging zu seiner Vinyl Ecke und holte eine Box heraus.

„Hier sind alle meine Sweet Singles drin und…. Andy Scott´s Solo Single „Where d`ya go" und „Lady Starlight" auf der anderen Seite."

Dann legte er „Lady Starlight" auf und einige der Freunde sangen mit…

„Gut, dass du die Zeitschrift angesprochen hast," meinte Herbie und klopfte Ralle anerkennend auf die Schulter.

„Echt der Hammer!"

„Wartet, Jungs, ich hab ja noch ein Magazin auf dem Läppie," sagte Ralle und kurze Zeit später konnten die Freunde es sehen.

„Da ist ja die Diskographie von T.Rex drin. Supergeil!" rief Fabi.

„Fett! Einige der Scheiben kenn ich gar nicht," sagte er dann, als er genauer hingeschaut hatte.

„Ja, es gibt nicht nur „Telegram Sam", „Jeepster", „Children oft the Revolution" oder „Solid gold easy action", meinte Socke grinsend.

„Und was ist mit „Hot love", „Ride a white swan" oder „Get it on?" fragte Ralle.

„Ich seh schon, auch ihr seid T.Rex / Marc Bolan Fans, woll?" sagte Fabi.

„Klar! Die alten Scheiben waren Kult!" Herbie nickte.

„Ihr habt „Metal Guru" vergessen, Leute," warf Jürgen ein. „Das mochte ich sehr gerne!"

„Gut! Kommen wir zu einem anderen Thema." Herbie hatte es sehr bestimmt gesagt.

Das 70er Jahre Quiz

„Freunde, ich hab etwas vorbereitet," meinte Herbie.

„Jeder von uns darf Karaoke einen Titel aus den 70ern singen."

„Echt jetzt?" meinte Socke und verzog sein Gesicht, als hätte er gerade in eine Zitrone gebissen.

„Kein Problem, ihr dürft auch Schlager nehmen."

„Alles klar, ich nehme „Mendocino", da bin ich textsicher," meinte Hotte grinsend.

„Alter, du mußt nicht textsicher sein, denn der Text steht ja am Monitor. Du brauchst ihn nur ablesen," warf Herbie dann ein und schaute zu Hotte mit einem Blick, dass er beim nächsten Foul ne gelbe Karte bekommen würde.

„Ich nehm trotzdem „Mendocino". Das ist doch dabei, oder?"

„Logo! Michael Holm hatte damit zwar 1969 einen großen Hit, der Titel wurde aber in den 70ern noch mal neu veröffentlicht und somit zählt er auch zu den 70ern." Ralle hatte das mal eben so fachmännisch erklärt.

„Hört, hört! Ralle unser wandelndes 70er Jahre Lexikon," sagte Jürgen und grinste dann.

„Ist mein Hobby," sagte der Angesprochene.

„Unser Hobby doch auch," sagte Herbie, „nur du kannst dir alles besser merken als wir..."

Dann öffnete Herbie an seinem PC „youtube" und tippte „Karaoke Ballroom blitz" ins Suchfeld und schon kam eine Möglichkeit, dieses Lied im Karaoke Stil zu singen.

„Ich teste mal, ja?" meinte Ralle. Er schnappte sich das Mikrofon, das neben der Tastatur stand und drückte auf Play und das Lied begann. Ralle sang gleich mit und als der Refrain kam, sangen einige der Freunde mit.

Als der Titel zu Ende war, fragte Ralle: „Wer möchte jetzt?"

Alle schauten Hotte an. „Na klar, mach ich," meinte er.

„Auf der Straße nach San Fernando, stand ein Mädchen in der heißen Sonne…" sang Hotte ganz passabel. Beim Refrain sangen alle mit!

„Seht ihr, macht doch Spaß!" Herbie war begeistert.

„Jürgen, du willst bestimmt was von Udo singen, woll?"

„Logisch!" Jürgens Antwort kam sofort.

„Schau mal, er zeigt mir „Cello" an. Wäre das was für dich?" fragte Herbie.

„Warum net?" antwortete er. „Hau rein!"

Herbie startete das Karaoke Lied. „Getrampt oder mit dem Moped…" Jürgen sang es voller Freude und alle waren begeistert!

„Ich möchte es auch mal singen," meinte Ralle.

„Klar, kein Problem," sagte Herbie und gab Ralle das Mikro, nachdem es Jürgen zurückgelegt hatte. Ralle sang es ganz anders und auch hier waren die Freunde begeistert!

Als nächster war Fabi dran. Er hatte sich den David Bowie Klassiker ausgesucht, der durch Mott the Hoople zum Riesenhit wurde: „All the young dudes". Beim Refrain sangen wieder alle Freunde mit. Man merkte, dass es ihnen Spaß machte.

„Ich möchte „Hard Luck Woman" von Kiss," meinte Ralle dan. „Mein Lieblingslied von ihnen."

„Kein Thema," Herbie grinste!

Schon hatte er „karaoke Hard luck Woman" eingetippt und der Song startete. Ralle begann zu singen: „If never i met you…"

Beim Refrain wurde wieder mitgesungen und alle grinsten, nachdem Ralle fertig war.

„Komm mach mal „we will rock you", Alter!" Hotte hatte das in den Raum geworfen.

„Kein Thema! Kommt sofort," sagte Herbie und gab es ein.

„Buddy you´re a boy make a big noise…" ging es los und Hotte grölte los.

Beim Refrain grölten alle: „we will, we will rock you!"

„Jetzt du, Socke. Was möchtest du singen?"

„Schools out" von Alice Cooper!"

„Bitte schön. „Schools out!"

Socke begann und beim Refrain grölten alle mit!

„Schools out for summer, schools out forever…"

„War voll geil, woll? Herbie grinste.

Vorlieben der 70er Jahre

„Ich möchte mal was anderes vorschlagen: Wir machen ein 70er Jahre Frage und Antwort Spiel."

Herbie hatte es gesagt und grinste dann.

Die Freunde nickten.

„Gut, fangen wir mit unserem 70er Jahre Alleswisser an. Ralle."

Dieser protestierte. „Alles weiß ich auch nicht, nur viel. Bezieht sich aber hauptsächlich auf die Jahre 1972-1976."

„Ralle, welche Mukke mochtest du noch sehr gern in den 70ern, außer Glamrock." Herbie hatte es bewußt so formuliert.

„Tja, seeeehr viel. Ich bin ein Kenny Fan. „Fancy pants", „Julie Anne" und vieles mehr. Die Rollers mußte ich immer von meiner Schwester hören, daher kenn ich auch vieles. Fabi war ja auch mal ein Fan von ihnen. „Yesterdays hero" ist klasse! Ich bin Novalis Fan! Das wisst ihr wahrscheinlich gar nicht! Ich hab alle Platten von ihnen. Krautrock mag ich auch recht gern. Natürlich Marianne Rosenberg, genau wie Fabi auch. Sie war soooo süß damals! Und ihre Stimme! Gut, kommen wir zu anderer Mukke: Die alten Platten von Kraftwerk mag ich auch. Ebenso Nazareth mit „Love hurts", „This flight tonight", um nur zwei Titel zu nennen. „Motor bikin`" war auch hammermäßig von Chris Spedding, Alice Cooper mit den alten Platten natürlich, Kiss sowieso früher, heute nicht mehr so und wie ihr ja wisst, bin ich immer noch ein riesiger Sweet Fan! Jürgen Drews mit „Ein Bett im Kornfeld" und „Barfuss durch den Sommer" mag ich immer noch sehr! Natürlich die beiden ersten LP´s von Tom Petty and the Heartbreakers. Da besonders „American girl". Manfred Mann´s Earthband sowieso. Hab viele LP´s von Manfred und seiner Band. Aber auch die aus den 60er Jahren. „Haha said the clown" und so weiter, kennt ihr ja auch. Ich bin sowieso auch ein Fan der 60er Musik. Roy Wood mit seiner Band Wizzard, the Move und Solo-

Projekte von Roy haben bei mir einen hohen Stellenwert, ich mag Status Quo immer noch sehr gern, Ich liebe Beat und vieles mehr aus der Zeit. Dann natürlich irish und scottish folk. Ich bin immer noch ein großer Runrig Fan. Hab sie einige Male live gehört. Immer wieder faszinierend! Doch zurück zu den 70ern. Bei youtube gibt es verschiedene Kanäle, wo auch so 70er Fans wie wir Raritäten zum Anhören reingestellt haben, die mir zum Teil echt gut gefallen. Die hier in Deutschland keine Sau kennt, sag ich mal. Ich stelle mir meine mp3 USB Sticks so zusammen, wie es mir gefällt fürs Auto. Daheim hab ich auch einen Stick mit Mukke geladen, da ist dann auch welche für meine Süße drauf und auch für unsere Tochter. Da ist dann schlagermäßig auch etwas drauf, was ich hören kann. Seien wir mal ehrlich: Jeder von uns hat doch damals in den 70ern auch die Hitparade mit Dieter Thomas Heck geschaut und kennt die Titel und kann zumindest beim Refrain mitsingen."

Die Freunde nickten.

„Fabi, möchtest du was ergänzen?" fragte Herbie.

„Kiss ist immer noch neben Sweet meine Haupt Lieblingsband. Daneben natürlich die Earthband von Manfred Mann, Glamrock logo, T.Rex, Alice Cooper, Suzi Quatro und einiges mehr…"

„Das war kurz und bündig, Socke, du bist dran."

„Ja, Glamrock, Sweet, etwas Punk, Pistols und so, ihr wisst schon, etwas Kiss, Extrabreit natürlich, obwohl es in frühen 80ern begann, Udo mag ich auch, Deutschrock, wenn er gut ist, einige Kult-Schlager natürlich, einiges aus den Charts damals, logo und natürlich auch anderes…"

„Ich möchte auch kurz," sagte Hotte. „Im Prinzip ähnlich wie bei euch, nur noch 50er Rock´n Roll, Elvis sowieso, auch Beat der Stones, the Who und so weiter. Bisschen was von den Beatles, Schmusemukke der 50er, 60er und 70er…. Meine Frau steht da drauf… Das wars so in etwa."

„Herbie räusperte sich. „Vieles von dem, was ihr auch hört."

„Das war aber kurz."

„Soll ich alles noch mal aufzählen?" fragte Herbie dann in Ralles Richtung,

„Passt schon." Ralle grinste.

„Habt ihr ein absolutes Lieblingslied?" fragte Fabi.

„Nö! Mehrere." meinte Ralle.

„Ich schon," meinte Jürgen.

„Whole lotta love" von Led Zeppelin in englisch und fast alle Lieder von Udo Lindenberg in deutsch."

Dann lachte er über seinen gelungenen Witz!

Herbie ging zum CD Player und legte die Scheibe „Solarfire" von Manfred Mann´s Earthband ein.

Ralle und Fabi bekamen glänzende Augen vor Freude!

1976

„Was machen wir denn jetzt? Bravo 1976 durchschauen, oder watt?" fragte Socke.

„Gerne," meinte Herbie und öffnete die DVD.

Als er die Seite mit den Mittelpostern öffnete, meinte Jürgen erfreut: „Super! Der Udo mit dem Outfit von „Null Rhesus Negativ", dem kultigen Vampirsong!"

Als Herbie die Seite mit den großen Postern öffnete, meinte Fabi: „Jawoll! Dat große Sweet Poster hatte ich auch an der Wand hängen und das von Kiss ebenso."

„Ich auch," sagte Ralle und nickte zustimmend.

„Schau mal Jürgen, da ist auch der Udo Lindenberg Starschnitt drin," sagte Hotte in Richtung Jürgen.

„Den hab ich schon. Hat mir doch Ralle letztes Jahr zum Geburtstag geschenkt."

„Wow!" meinte Fabi und nickte anerkennend.

„Schaut mal bei den Hits des Jahres, Leute," meinte Ralle, als Herbie darauf geklickt hatte. „Haushoher Sieg für „The Lies in your eyes" von Sweet.

„Klasse! Aber erstaunlich irgendwie, oder? „Fox on the run" und „Action" waren um Längen besser, finde ich," sagte Ralle.

„Ich find das Lied voll geil!" Herbie grinste danach.

„Also 1976 waren die Titel noch voll in Ordnung, finde ich. Schaut mal auf die Charts. „Jeans on" ist doch voll der Burner immer noch," meinte Socke.

„Ja klar, Harpo mit „Moviestar" war auch super! Sailor mit „A Glass of Champagne" und „Girls Girls Girls" ebenso."

„Aber Glamrock war fast out – leider!" seufzte Fabi.

„Was mir aufgefallen ist, dass die meisten Leute damals nur das hörten, was im Mainstream lief. Bands die nicht so bekannt waren, hatten echt Schwierigkeiten bei den meisten jungen Leuten, woll?"

Die meisten der Freunde nickten.

„Klar, woher sollten sie solche Mukke auch hören?" Herbie hatte es treffend erklärt.

„Schaut mal Freunde, ich hab hier im Internet eine Top 100 Auflistung von 1976 gefunden. Lasst uns die mal durchschauen," sagte Herbie und die Freunde schauten gemeinsam auf den riesigen PC Monitor, der eigentlich ein Fernseher war, aber da er auch PC tauglich war, wurde er von Herbie entsprechend genutzt.

„Kiss sind drin. Jepp!" Fabi freute sich.

„Klar! „Rock´n Roll all Nite" ist ja auch eines der gängigsten Ohrwürmer der Band..."

„Schaut mal, „The Boys are back in town," das Hammerlied von Thin Lizzy! Könnte ich jeden Tag hören," meinte Fabi.

„Da ist auch „Rhiannon" von Fleetwood Mac. Ja, Stevie Nicks hat schon ne besondere Stimme!" Wieder war es Fabi, der sich freute!

„Da ist auch einer meiner Lieblingsrocksongs! „More than a feeling" von Boston! Hammersong!!!" Ralle war aus dem Häuschen!

„Kannste den Titel mal auflegen, Herbie? Wäre echt super!"

Herbie nickte und schon bald erklangen die ersten Töne des Rockklassikers.

„Vom Feinsten!" Ralle war begeistert!

„Jepp! „Cherry Bomb" von den Runaways. Meine Herren, war ich damals ein Riesenfan der Band! Lita Ford war sexy, Joan Jett war irgendwie cool und Cherie Curry extravagant. Ich hab immer noch meine alten Runaways LPs…Logisch! Hin und wieder hör ich sie auch noch… Aber ordentlich laut, wie sich das gehört…"

Ralle hatte seine Begeisterung für die erste weibliche Hardrockband zum Ausdruck gebracht!

„Und der nächste Oberhammer! „Carry on wayward son" von Kansas! 1976 war doch ein cooles Jahr mit geilen Scheiben," sagte Fabi und grinste!

„Wollen wir wieder zur Bravo DVD gehen und 1977 anschauen?" fragte Ralle.

Herbie nickte.

1977

„Leute, 1977 fällt mir spontan Meat Loaf ein mit „Paradise by the dashboard light". Ich hab bei Rockpop in Concert, Anfang der 80er, Meat Loaf live gesehen. Der Oberburner! Alter Schwede! 4 Stunden hat er durchgehalten und wir 8 Stunden! 8 Stunden ohne auf die Toilette zu gehen. Heute unvorstellbar!" Ralle hatte das so voller Euphorie gesagt, dass alle gespannt zugehört hatten.

Herbie öffnete die DVD von 1977 und ging gleich zu den Vier Seiten Postern: „Sweet, Kiss und Marianne. Mehr braucht es nicht," meinte Fabi mit einem Augenzwinkern ironisch.

Herbie öffnete Heft 45 und blätterte es durch. Eine farbige Doppelseite von den Runaways war zu sehen! Ralle freute sich!

Herbie öffnete die Seite mit den Top Hits des Jahres und dort sahen sie, dass die Band The Sweet mit drei Titeln dort vertreten war: „Lost Angels", „Stairway to the stars" und „Fever of love". Fabi freute sich am meisten darüber!

Da Herbie jetzt zu den PDFs kam und die Vorschaubilder aller 52 Bravos von 1977 zeigten, meinte Socke: „Bitte Heft 44 anklicken. Danke"

Herbie kam dem Wunsch nach und man sah Sweet auf dem Cover. Das Ende des Heftes zierte das Schwesternpaar Wilson von Heart.

„Ja, „Barracuda" ist unschlagbar gut! Ich höre es immer noch regelmäßig über meinen USB-Stick," sagte Ralle und freute sich auch.

1978

„Komm, Herbie, lass uns endlich 1978 machen, denn ich warte schon sehnsüchtig auf 1979, was ein wirklich saucooles Jahr war. Ich häng da voll dran, weil danach die 80er anfingen…" Socke hatte dieses so schnell gesagt, dass Herbie nur nicken konnte.

Er öffnete die 1978 DVD.

Ganz spontan wurde der Reiter „docs" geöffnet und Herbie hatte, ohne zu schauen, Heft Nr.49 geöffnet und dann schnell bis zu den „Hits der Woche" durchgeklickt.

„Schaut euch mal die Top 20 in deutsch und international an," meinte Fabi. „Kaum noch was dabei, was uns heute noch gefällt…"

„naja, so schlimm ist es auch nicht… „Again and again" von Quo und „California nights" von Sweet sind doch super! Und „Substitute" von Clout ist immer noch gut hörbar und hübsch waren die Mädels damals auch, woll?" Hotte hatte seinen Senf dazu gegeben.

„Jungs, „Reeperbahn" von Udo war da auch in den Charts. Das ist die deutsche Version von „Penny Lane" der Beatles," Jürgen hatte auch mal wieder etwas gesagt.

„Jepp! Kennen wir," sagte Fabi. „Gefällt mir sogar besser als von den Jungs aus Liverpool…"

„Mir auch," meinte Jürgen.

„Geh mal auf Heft 16 und mach mal die Charts auf, Herbie."

Fabi hatte ganz lieb darum gebeten.

Der Angesprochene nickte und schon nach ein paar Sekunden war die Chartsliste sichtbar.

„Jepp! Wußte es doch! „Love is like Oxygen" ist auf Platz 3 und das Megalied „Mull of Kintyre" auf Platz 1. Aber das Stück ist nicht nur für Dudelsack Fans wie Ralle gut anzuhören, woll?" meinte Fabi.

„Quo mit „Rockin all over the world" mag ich immer noch super gern," sagte Hotte und grinste.

„Klar, mögen wir wohl alle noch, woll?" meinte Herbie dann.

Die Freunde nickten.

Ralle wollte Heft 14/15 aufgemacht bekommen. In der Mitte war ein Winnetou Special mit doppelseitigem Poster, was ihn sehr erfreute!

Als Herbie die „Hits der Woche" öffnete, freute sich Fabi plötzlich! „Wie geil! Platz 20 ist das Electric Light Orchestra mit „Mr. Blue Sky", aber als Bild ist Roy Wood zu sehen und da war er längst nicht mehr beim ELO, dass er Anfang der 70er mit Jeff Lynne gegründet hatte. Geiles Foto von Roy. Hammer!"

Ralle grinste nur, denn er war ja genauso ein Roy Wood Fan und kannte die Historie ebenso.

Herbie öffnete die Rubrik: Vierseitiges Poster.

„Geil! Kiss und Sweet!" meinte Fabi. Auf der nächsten Seite war Udo Lindenberg als Poster und Jürgen war erfreut!

Die besten Songs der 70er Jahre

„Jungs, Jungs! Ich hab ne fantastische Idee! Lasst uns doch mal unsere absolute Lieblingslieder der 70er Jahre auflisten. Wer weiß, vielleicht kriegen wir ja eine Top 100 zusammen." Socke sagte das voller Freude!

„Neeee! Das ist Mist! Ohne Auflistung! Das wäre ja wieder ne Bewertung! Ich denke, jeder sollte spontan einige Lieder sagen, die ihm heute noch besonders wichtig sind. Dann schauen wir mal, wieviel wir zusammenbekommen." Ralle hatte das mit Überzeugung gesagt.

„Ich fang mal an," meinte Fabi.

„Natürlich „See my Baby jive", „Rock´n Roll Winter" und I wish it could be christmas everyday" von Roy Wood´s Wizzard. Das ist absolutes Muß! Dann natürlich von Sweet einige Klassiker wi: „Fox on the run", „Wigwam Bam", „Love is like Oxygen" und „Ballroom Blitz". Die Gruppe „Angel" die auch „Sweet Angel" genannt wird, denn Andy Scott und Mick Tucker produzierten sie mit „Good time fanny" und „Little boy blue". Dann die amerikanische Band Angel mit Punky Meadows an der Leadgitarre und Frank Dimino am Gesang. Natürlich der „Winter Song" und eigentlich fast alles von ihnen. Eine der geilsten Bands, die es gibt! Sie haben gerade erst wieder eine neue CD rausgebracht! Ebenso vom Allerfeinsten wie alle Platten von Angel! Das war es erst einmal. Über den Rest muß ich noch nachdenken.

„Ralle? Willst du weitermachen?" fragte Herbie. „Du hast doch immer deine Lieblingssongs parat…"

Der Angesprochene nickte.

„Kann aber länger werden…"

„Neee, nur die Oberburner… Nicht 500 Lieder aufzählen…" meinte Socke und grinste.

„Alles klar! „Beach Baby" von First Class ist eines meiner absoluten Favoriten… nicht nur weil ich auf Sonne, Sand, Palmen und dergleichen stehe. Gut, weiter geht es: „Dyna-Mite" und „Tigerfeet" von Mud, „Julie Anne" von Kenny, „Mexico" und „Soolaimon" von den Les Humphries Singers, „Ein Bett im Kornfeld" und „Barfuss durch den Sommer" von Jürgen Drews, der ja auch bei den Les Humphries Singers vorher war, wie ihr sicherlich wisst, die Glitterband mit „Angelface" und „Let´s get together again", natürlich „In the summertime" von Mungo Jerry, „My sharona" und „Good girls don´t" von the Knack, eine Band, die wunderbare Mukke gemacht hatte, dann natürlich Showaddywaddy, deren 50er Jahre ich total klasse finde mit „When" und „Under the moon of love" „Remember then" und „I wonder why". Alles Erinnerungen an die geile Endzeit der 50er und Anfangszeit der 60er, wie ich finde. Gut, es geht weiter: David Bowie mit „Starman", „Heroes" und „Life on Mars" und das von ihm geschriebene „All the young dudes" von Mott the Hoople mehr als genial aufgenommen, dazu „Roll away the stone" von Mott the Hoople. Natürlich „Barfuss im Regen" und „Mendocino" von Michael Holm, die ich immer noch höre. Er hat auch „Gimme your love" gut gecovert. Das Original ist von Barry und Garry und auch super! Von BCR „Yesterdays hero" und „Saturday night". Die Rollers haben einige super Lieder gemacht, die auch wir Jungs hören konnten. „Jet" und „Band on the run" von den Wings, natürlich „39" und „Spread your wings" von Queen, „Can the can" und „the wild one" von Suzi Quatro, „Roll over lay down", „Rain" und „Rockin all over the world" von Status Quo, „I love, you love, me love" und „Oh, yes you´re beautiful" und „Another Rock´n Roll Christmas" von Gary Glitter, von Sweet als Ergänzung zu Fabi: „Fountain", „Lettres d´amour du France" und „Windy City". Alvin Stardust mit „My coo ca choo", Deep Purple mit „Smoke on the water" in der live Version und natürlich „Woman from Tokyo", meine Lieblings Frauen Rockband Runaways mit „School days" und „Cherry bomb". Dann unsere schottischen Freunde von Middle of the road mit „Sacramento" und „Soley Soley", T.Rex mit „Hot love", George Harrison mit „What is life", „Motor bikin" von Chris Spedding, „When" von John Kincade, die Tremeloes mit „Hello Buddy", Christie mit „San Bernadino", Neil Diamond mit „Cracklin rosie", Emerson Lake and Palmer mit „Lucky man", unverzichtbar, dieser Titel! The Who mit „Won´t get fooled again" natürlich! UFO mit „Prince Kajuku" in der längeren Version und „Boogie for George", die Cats aus Holland mit „One way wind" in der englischen und deutschen Version. Ja, ich bin manchmal sentimental... Tony Christie mit „Amarillo", die Soulful Dynamics mit „Saah-Saah-Kumba-Kumba", ein Ohrwurm sondergleichen! Ein Super gute Laune Lied! „Metal guru" von T.Rex natürlich auch, dann von unserer geliebten Marianne Rosenberg: „Ich bin wie du", „Er ist nicht wie du" und „Lieder der Nacht", um nur 3 Titel zu nennen. Mary Roos hat auch einen Super Titel 1971 rausgehaun. Ne geile Coverversion: „California Nacht". Das ist die deutsche Version von „California sun" von Bill Haley. Kommen wir zu Slade: „Ich wähle mal zwei Titel aus den 70ern aus. Natürlich „Far far away" und dann noch das geniale Stück „Merry Xmas everybody". Racey mag ich auch: „Some girls" und „Boy oh boy". Eines meiner absoluten Lieblingslieder, was den Sommer betritt, ist: „It never rains in southern california" von Albert Hammond. Dann natürlich „Son of my father" von Chicory Tip und in der der deutschen Version von Michael Holm „Nachts scheint die Sonne". Roy Wood nun wieder mit seiner früheren Band Move mit „California man". Lobo mit „I´d love you to want me" und natürlich: „Me and you and a dog named boo". Daniel Boone mit „Beautiful Sunday", Barry Blue, der eigentlich Barry Green heißt, aber erst unter seinem Künstlernamen erfolgreich war, mit „Dancing on a Saturday night", Billy Joe`s „Piano man", Elton John, als er noch mit Glamrock Klamotten rumlief und „Saturday night´s alright for fighting" und „Crocodile rock", Lynyrd Skynyrd mit „Free bird", Santabarbara mit „Charly", I Santo California mit „Tornero", John Miles mit seinem epochalen Stück „Music" natürlich, Abba mit Dancing queen" und „Fernando". Die Kult Band Hello mit fast allen Titeln, hätte ich beinahe gesagt. Ich wähle die Titel: „Another school day" und „New York Groove". Ace Frehley von Kiss hat es auf seiner Solo LP von 1978 auch gecovert und diese Version von Ace find ich auch gut. Natürlich „Kung Fu Fighting" von Carl Douglas, „Streets of London" von Ralph Mc Tell, „This flight tonight" von Nazareth, und: Hört hört: „Rock your baby" von George McCrae, aber nur in der langen Disco Maxi Version, die ist echt rattenscharf, finde ich. Kommen wir zu den Rubettes: Die finde ich zum Teil auch absolut klasse. „Jukebox Jive", „I can do it" und „Foe dee oh dee", von den Singles, es gibt auch Klasse LP Titel wie „Way back in the fifties". Hätte ich als Produzent auch als Single rausgebracht. Die Sparks natürlich, die Fabi auch mag mit dem Zungenbrechertitel: „This town ain´t big enough for both of us", „Girl from Germany" und „Never turn your back on mother earth". Natürlich auch Pilot aus Kanada. Da könnte ich alle Hits aufzählen: „Penny in my pocket", „January", „Magic", „Just a smile", „Call me round", um nur die wichtigsten Titel zu nennen. Argent mit „Hold your head up", ach ja, von Mott the Hoople auch noch: „All the way from Memphis". Alex Harvey mit „Faith healer", Smokie mit „If you think you know how to love me", Pink Floyd mit „Shine on you crazy diamond", Manfred Mann´s Earthband mit „Father of day, father of night" und „Solarfire". Olivia Newton John, als sie so richtig süß war mit „Banks of the Ohio".

„Stop! Ralle! Das genügt! Alter Schwede! Wir wollen auch noch…" meinte Hotte.

„Bitte schön!"

Hotte legte los: „Die Lieder von Grease, da hattest du mir mit der süßen „Livvy" ja ne Steilvorlage gegeben, Ralle. Dann natürlich alles, was Glamrock ist. Kein Bock, alles aufzuzählen, was du noch nicht erwähnt hast. Den Rest von Sweet natürlich, von Kiss „Hard Luck Woman" und „Black Diamond", von 10cc „I´m not in love", von Medicine Head „One and one is one", von Queen „Killer Queen", von Quo „Down down", von T.Rex „Telegram Sam", fällt mir gerade ein, aber ist ja auch Glamrock… von der süßen Debbie Harry alias Blondie „Denis", natürlich „Little Willy" und „Funny Funny" von Sweet, von den Bay City Rollers „Rock´n Roll love letter", von John Paul Young „Love is in the air". Könnte ich stundenlang hören… von den Rubettes „Sugar Baby love" natürlich… Läuft oft im Oldie-Radio, „The Bump" von Kenny, die Glitter Band mit „Just for you", und George Baker hatte damals, ich denke so etwa 1973 einen geilen Hit: „I´m on my way". Fahre ich voll drauf ab! Ach ja, die Rollers auch mit „Shang a lang"… Das wars erstmal…."

„Klasse, Hotte!!! Fabi machte den Daumen nach oben.

„Jürgen ist dran…" meinte Herbie.

„Bei mir geht das ganz schnell, Aldä: Alles von Udo Lindenberg aus den 70ern, Led Zeppelin, etwas Deep Purple und was sonst so gut ist."

„Kurz knapp und präzise," meinte Herbie.

„Gut, ich mach mal weiter," sagte er.

„Bei mir sind es oft nicht so bekannte Titel, die ich mag. Zum Beispiel: „Yesterdays rain" oder „Own up, take a look at yourself", „Midnight to daylight" von Sweet, „Nite on the tiles" von Mud, natürlich „Buddy Joe" von Golden Earring, „I won´t let it `appen agen" von Slade, Bonnie St.Claire Und Unit Gloria mit „Waikiki man", „Glycerine queen" von Suzi Quatro, natürlich Paperlace mit „The Night Chicago died". Kennt ihr Blackfoot Sue? Die rocken auch was das Zeug hält. „Standing in the road" klingt wie Slade. Ich leg es gleich mal auf, Moment."

Kurze Zeit später dröhnte der Stampfrhythmus des Liedes im typischen 70er Jahre Rocksound aus den Boxen. „I´m standing in the road…"

Fabi meinte: „Geil! Klingt wie Noddy Holder!"

„Ich hab die Scheibe," meinte Ralle und grinste.

„Soll ich noch weitermachen?" fragte Herbie.

„Hau rein," meinte Jürgen.

„Naja, von uns hier hat ja nur noch Ralle richtig lange Haare. Ihm widme ich das Lied von Catapult: „Let your hair hang down". Das war ne holländische Band. Geiler Titel. Moment, ich mach ihn mal an."

Die Freunde hörten zu und waren begeistert!

„Ich nenne euch mal ein paar Glamrock Raritäten, meiner Meinung nach. Moment!"

Herbie holte eine Liste hervor und las vor: „Rock it in my pocket" von Andy Glenmark, „Janie" von Arms and legs, „Shanana" von Bilbo Baggins, die recht bekannt in UK waren, das eher unbekanntere Lied namens „The future is past" von Chicory Tip, das nächste Lied hab ich als Tipp von Ralle bekommen. Ist ne B-Seite glaub ich von der Band Mabel. Es ist aber rattenscharf. Ich mach es mal an. Es heißt: „I´m only here to Rock´n Roll". Fetzt super!"

Herbie starte das Lied und die Freunde gingen voll ab! Fabi spielte kurzerhand Luftgitarre und Ralle sang mit, da er den Text kannte.

„Hier kommt noch ein Lied von Mabel: „Hey I love you". Fetzt auch voll!

Herbie machte etwas lauter und die Freunde bewegten sich im Takt.

„Einen hab ich noch. Kennt ihr noch Rosetta Stone? Ich hab von denen ne Scheibe. Echt gut! Sie haben „Sunshine of your love" gecovert. Hier ist es!"

Herbie spielte es vor. Die Freunde nickten.

Ralle meinte: Wer Hardcore BCR Fan ist, kennt auch Rosetta Stone, woll Fabi?"

Der Angesprochene nickte!

„Kannst du „Landslide" von den Solo Album von Stevie Nicks und Lindsey Buckingham spielen? fragte Ralle. Da hätte ich jetzt Bock drauf.

Herbie, der die Solo LP der beiden Fleetwood Mac Mitglieder hatte, nickte und legte die LP auf. Es knisterte etwas. Ein Geräusch das gut tat, wenn man ein „Vinyl-Freak" ist…

Ralle sagte danach: „Ich hab noch was Schönes und seltenes hier: Die Band heißt Tiger und das Stück „Crazy". Hört mal rein…

Dann startete er das Lied auf seinem Laptop.

„Echt cool!" meinte Fabi.

„Ich meine, es sind Holländer, deshalb ist das Stück nicht so bekannt in Deutschland."

„Moment, Jungs, es ist in ein paar Sekunden Mitternacht!"

Die Freunde schauten auf die Uhr und dann jubelten sie Herbie zu: „Happy Birthday to you, Happy Birthday to you, Happy Birthday, lieber Herbie, Happy Birthday to you!"

Sie prosteten sich mit den „Karamalz" Flaschen zu, denn es war vereinbart, keinen Alkohol zu trinken, da alle mit ihrem Auto da waren.

Als eine kurze Pause entstand, meinte Fabi: „Jungs, wir haben doch die Zettel vorbereitet!"

Hotte grinste und sagte: „Klar! Vor lauter Aufregung und Vorfreude die ganze Zeit über hab ich nicht mehr dran gedacht." Dann holte er sie aus dem Rucksack, den er dabei hatte.

70er Jahre Wissen

„Was steht denn da drauf?" fragte Jürgen, der von der Vorbereitung ja nichts mitbekommen hatte.

„Fragen und Antworten zu den 70ern". Hotte hatte das ganz lapidar gesagt.

„Da bin ich ja mal gespannt," sagte Jürgen dann.

„Also, hier hat jeder einen Zettel zum Ausfüllen." Hotte reichte die Zettel rum.

„Lieblingsbands der 70er, Lieblingslieder der 70er, was hab ich am meisten in den 70ern geliebt, was mochte ich damals gar nicht, Lieblingsfilme der 70er, Lieblingsschauspieler der 70er, Lieblingsschauspielerinnen der 70er, Lieblingshobbies der 70er, Lieblingsautos der 70er und zum Schluß: Lieblingsessen der 70er."

„Wer ist denn darauf gekommen?" fragte Jürgen.

„Wir alle zusammen," meinte Socke.

„Lasst es uns ausfüllen. Wird bestimmt ein Riesenspaß!" Fabi grinste danach.

Die Freunde füllten es aus und nach etwa 15 Minuten war jeder fertig damit.

„Der Flötenschlumpf fängt an, hätte ich fast gesagt," sagte Hotte leicht kichernd.

„Sehr witzig!" Socke grinste.

„Gut, ich fang an." Fabi begann vorzulesen: „Lieblingsbands damals: The Sweet, Bay City Rollers – zumindest zeitweise, T.Rex, Alice Cooper, Slade, Kiss natürlich, Wizzard, Manfred Manns Earthband, Angel und Tom Petty and the Heartbreakers. Lieblingslieder: Ziemlich viele. Ich nenne mal drei davon: „Fox on the run", „Bye Bye Baby" und „Father of day, Father of night". Lieblingsfilm: „Nord ist Mordsee" mit dem Song von Udo Lindenberg: „Ich träume oft davon, ein Segelboot zu klau'n" und „Attack of the Phantoms", der kultige Kiss Film und als Lieblingsschauspieler natürlich Paul Stanley, Ace Frehley, Gene Simmons und Peter Criss von Kiss. Lieblingsschauspielerin hab ich keine. Lieblingshobbies der 70er: Bude bauen, Blödsinn machen, Mukke hören, rumknutschen mit meiner damaligen Freundin, meine kultige Choppermaschine, Bravo lesen, coole Poster, Platten kaufen oder tauschen und natürlich Flohmärkte. Lieblingsauto: wie heute auch noch: Der VW Käfer, dann noch der T1, T2 und T3 Bulli und der Karmann Ghia. Lieblingsessen/trinken: „Tri-Top", „Afri-Cola", „Regina Brause", die schmeckt nach Apfelsine und logo: Pommes! Ach ja: Was ich besonders geliebt habe: Minigolf spielen, „Nogger" Eis und auf die Kirmes gehen, wenn spendable Erwachsene mit dabei waren. Was ich nicht mochte, war die Scheiß Raucherei überall."

Die anderen Freunde schmunzelten. Das war typisch Fabi.

Ralle war als nächster dran:

„Lieblingslieder hatte ich hunderte... ich zähl mal ein paar auf: „The sixteens" von Sweet, „Father of day, father of night" von der Earthband, „American girl" von Tom Petty, „It never rains in southern california" von Albert Hammond. Lieblingsfilme der 70er sind einfach zu viele zum Aufzählen: Einige Louis de Funes Filme, die meisten Bud Spencer und Terence Hill Filme, Italo Western, Clint Eastwood Western. Lieblingsschauspieler der 70er: Clint Eastwood, Louis de Funes, bei den Frauen Uschi Glas, Susan Dey und damals Jutta Speidel. Lieblingsbands damals: Sweet, Kiss, Earthband, Tom Petty, Status Quo, und Slade. Lieblingssängerinnen: Marianne Rosenberg, Suzi Quatro und Olivia Newton-John. Lieblingssänger: John Denver. Lieblingsauto: Karmann ghia, ich hatte drei Stück in späterer Zeit, zwei kleine und einen großen, VW Bus und VW Käfer. Lieblingshobbies: Hörspiele, Minigolf, Bude bauen mit Fabi, Musik hören, Plattenläden durchstöbern, Flohmärkte natürlich auch. Secondhand Läden durchstöbern. Lieblingsessen: Pommes, Grünkohl mit Bratkartoffeln. Lieblingsgetränk: „Tritop", und ebenfalls „Regina Brause", die Fabi erst durch mich kennengelernt hatte."

Hotte war als nächster dran: Ich mach es ganz schnell: Band: Kiss, Sweet, T.Rex, Titel: „Shout it out loud", „Wigwam Bam", Metal Guru", Film: John Wayne, weiblicher Star nur Marilyn, aber in den 70ern lebte sie ja leider schon nicht mehr. Filmstars: Erroll Flynn und Olivia di Havilland, war zwar auch vor den 70ern, aber danach hatte ich keinen Lieblingsstar mehr. Lieblingshobbies: In der Nase bohren, Pommes futtern, alle Sorten Eis lutschen, mit meinem Bonanza-Rad rumfahren, später mit meiner Puch Mofa, Lieblingsgetränk: Auch „Afri-Cola". Lieblingsautos: Ford Capri und Opel Ascona A."

Socke sagte: „Mir fällt ein Wortwitz ein: Hotte hätte doch als Lieblingslied auch „Hotter than hell" von Kiss nehmen können…" Er prustete danach.

„Sehr witzig, alte Stinksocke. Haste mal überlegt, warum man nicht Thorsten zu dir sagt, sondern Socke?" meinte Hotte.

Hotte sagte darauf: „Weil ich früher immer nur in Socken rumlief und zu faul war, Hausschuhe anzuziehen. Comprende?"

„Dann bist du mit deiner Liste dran, Socke," meinte jetzt Fabi.

„Alles klar. Auch kurz und schmerzlos! Lieblingsauto: T1 Bulli, Lieblingsessen: Pommes mit Currywurst extrascharf, Lieblingsfilme: alle Bond Filme mit Sean Connery der 70er, Lieblingsschauspieler: Sean Connery, Lieblingsschauspielerin: Elke Sommer. Sie war damals echt süß, fand ich. Lieblingshobbies: lange schlafen, im Rockschuppen abrocken, Karamalz trinken, Lieblingsbands: Sweet, Slade, Mud, T.Rex und Deep Purple. Lieblingssänger: Brian Connolly, er hat ja auch Solo Platten gemacht, Lieblingssängerin: Suzi Quatro. Lieblingslied: „Smoke on the water" von Purple."

„Jürgen, du bist dran."

„Ich hab noch weniger notiert, Aldä. Alles von Udo Lindenberg aus den 70ern. Cola und Bier. Alte Opel und alte Mercedes. Als Film ebenfalls „Nordsee ist Mordsee" mit der Musik von Udo. Hobbie: An Autos rumschrauben, da mein Vater ne Werkstatt hatte und auf jedes Udo Lindenberg Konzert zu gehen, das machbar war. Das wars, Aldä."

Herbie, der als letzter an der Reihe war sagte: „Also, alles was ich Top fand, wurde von euch schon gesagt außer: viel ins Kino gehen. Punkt."

„Das ist sehr interessant, Freunde." Socke verneigte sich.

„Sollen wir jetzt 1979 bei den Bravos durchgehen?" fragte Ralle.

„Gerne!" Herbie nickte und ging zum PC, um die DVD von 1979 ins DVD Fach des Computers zu legen.

„Mach mal zuerst die Cover auf, Keule," meinte Fabi scherzhaft zu Herbie.

1979

Herbie kam der Anfrage nach und Fabi meinte: „Heft 40, bitte öffnen."

Man sah Paul Stanley von Kiss auf dem Cover mit seiner Gitarre.

„An das Heft kann ich mich noch gut erinnern," meinte Fabi und grinste wie ein Honigkuchenpferd.

Auf Seite 30 angekommen, meinte Jürgen dann: „Stop mal kurz! Da ist ja Jane Russell, die Udo besungen hat in „Candy Jane". Sehr schön und trotzdem wirkt sie unnahbar…"

„Ja, Udo hatte immer schon ein Händchen, um passende Texte zu schreiben… Ich erinnere nur an Norma Jean, alias Marilyn

Monroe. Die deutsche Version von „Candle in the wind" von Elton John."

Herbie hatte das mit Gefühl gesagt.

„Udo konnte in den 70ern niemand das Wasser reichen, Aldä." meinte Jürgen und nickte dazu.

„Ja, ich weiß, aber es gibt trotzdem auch andere Bands, die echt gut sind aus deutschen Landen. Zum Beispiel meine Favoriten „Novalis", „Falckenstein", deren Titel „Deutsche Einsamkeit" meiner Meinung nach, unschlagbar gut ist. Um nur kurz abzuschweifen. Kommen wir doch zu den Charts von 1979," meinte Ralle in die Runde.

„Ja, allein schon wegen „I was made for lovin you" von Kiss war 1979 super," antwortete Fabi.

„Logisch! Auch wenn es einige anfangs als Discoversion abtaten. Muß man live gehört haben. Der Oberhammer!" antwortete Fabi.

„Schaut mal die Jahrescharts. Viel Gutes ist da aus meiner persönlichen Sichtweise nicht drin, außer „I was made for lovin you" von Kiss."

„Schaut mal „Accident Prone" von Status Quo ist auch in den Charts. Der Song ist doch klasse!"

„Ja, Hotte, das schon, aber das meiste ist nicht so mein Geschmack."

„Gut, das Geschmäcker unterschiedlich sind, Ralle" sagte Herbie und grinste.

„Leute, schaut mal auf die Uhr. Es ist halb drei nachts. Wollen wir nicht langsam zum Ende kommen?" fragte Socke.

„Bisse müde?" Fabi lachte.

„Bisken," antwortete er. „Wenn ihr Bock habt, könnt ihr in unserem Gästehaus alle übernachten. Dort stehen 7 Betten, aufgeteilt auf 3 Zimmer. Und morgen machen wir weiter."

„Jepp! Das ist ein Wort! Unsere Frauen wissen ja Bescheid!"

„Vielleicht träumen wir ja von der Zeitreise, über die wir vorhin gequatscht haben…Wer weiß…"

Herbie hatte das in den Raum geworfen und die Freunde schauten sich an, nach dem Motto: Schön wäre es!"

ENDE